E. T. A. Hoffmann

Der unheimliche Gast

fabula Verlag Hamburg

Hoffmann, E. T. A.: Der unheimliche Gast. Neuauflage. 2015
ISBN: 978-3-95855-163-3

Umschlaggestaltung: fabula Verlag Hamburg

Bibliografische Information der Deutschen Nationalbibliothek: Die Deutsche Nationalbibliothek verzeichnet diese Publikation in der Deutschen Nationalbibliografie; detaillierte bibliografische Daten sind im Internet über https://dnb.de abrufbar.

Der fabula Verlag Hamburg ist ein Imprint der Bedey & Thoms Media GmbH, Hermannstal 119k, 22119 Hamburg

---

fabula Verlag Hamburg, 2015
https://fabula-verlag-hamburg.de/
Gedruckt in Deutschland

E. T. A. Hoffmann

Der unheimliche Gast

fabula

Der Sturm brauste durch die Lüfte, den heranziehenden Winter verkündigend, und trieb die schwarzen Wolken vor sich her, die zischende, prasselnde Ströme von Regen und Hagel hinabschleuderten.

»Wir werden«, sprach, als die Wanduhr sieben schlug, die Obristin von G. zu ihrer Tochter, Angelika geheißen, »wir werden heute allein bleiben, das böse Wetter verscheucht die Freunde. Ich wollte nur, daß mein Mann heimkehrte.« In dem Augenblick trat der Rittmeister Moritz von R. hinein. Ihm folgte der junge Rechtsgelehrte, der durch seinen geistreichen, unerschöpflichen Humor den Zirkel belebte, der sich jeden Donnerstag im Hause des Obristen zu versammeln pflegte, und so war, wie Angelika bemerkte, ein einheimischer Kreis beisammen, der die größere Gesellschaft gern vermissen ließ. – Es war kalt im Saal, die Obristin ließ Feuer im Kamin anschüren und den Teetisch hinanrücken. »Euch beiden Männern«, sprach sie nun, »euch beiden Männern, die ihr mit wahrhaft ritterlichem Heroismus durch Sturm und Braus zu uns gekommen, kann ich wohl gar nicht zumuten, daß ihr vorliebnehmen sollt mit unserm nüchternen, weichlichen Tee, darum soll euch Mademoiselle Marguerite das gute nordische Getränk bereiten, das allem bösen Wetter widersteht.«

Marguerite, Französin, der Sprache, anderer weiblicher Kunstfertigkeiten halber, Gesellschafterin des Fräuleins Angelika, dem sie an Jahren kaum überlegen, erschien und tat, wie ihr geheißen.

Der Punsch dampfte, das Feuer knisterte im Kamin, man setzte sich enge beisammen an den kleinen Tisch. Da fröstelten und schauerten alle, und so munter und laut man erst, im Saal auf- und niedergehend, gesprochen, entstand jetzt eine augenblickliche Stille, in der die wunderlichen Stimmen, die der Sturm in den Rauchfängen aufgestört hatte, recht vernehmbar pfiffen und heulten.

»Es ist«, fing Dagobert, der junge Rechtsgelehrte, endlich an, »es ist nun einmal ausgemacht, daß Herbst, Sturmwind, Kaminfeuer und Punsch ganz eigentlich zusammengehören, um die heimlichsten Schauer in unserm Innern aufzuregen.« – »Die aber gar angenehm sind«, fiel ihm Angelika in die Rede. »Ich meinesteils kenne keine hübschere Empfindung, als das leise Frösteln, das durch alle Glieder fährt, und in dem man, der Himmel weiß wie, mit offenen Augen einen jähen Blick in die seltsamste Traumwelt hineinwirft.« »Ganz recht«, fuhr Dagobert fort, »ganz recht. Dieses angenehme Frösteln überfiel uns eben jetzt alle, und bei dem Blick, den wir dabei unwillkürlich in die Traumwelt werfen mußten, wurden wir ein wenig stille. Wohl uns, daß das vorüber ist, und daß wir so bald aus der Traumwelt zurückgekehrt sind in die schöne Wirklichkeit, die uns dies herrliche Getränk darbietet!« Damit stand er auf und leerte, sich anmutig gegen die Obristin verneigend, das vor ihm stehende Glas. »Ei«, sprach nun Moritz, »ei, wenn du, so wie das Fräulein, so wie ich selbst, alle Süßigkeit jener Schauer, jenes träumerischen Zustandes empfindest, warum nicht gerne darin verweilen?« – »Erlaube«, nahm Dagobert das Wort, »erlaube, mein Freund, zu bemerken, daß hier von jener Träumerei, in welcher der Geist sich in wunderlichem wirrem Spiel selbst erlustigt, gar nicht die Rede ist. Die echten Sturmwind-, Kamin- und Punschschauer sind nichts anders, als der erste Anfall jenes unbegreiflichen geheimnisvollen Zustandes, der tief in der menschlichen Natur begründet ist, gegen den der Geist sich vergebens auflehnt, und vor dem man sich wohl hüten muß. Ich meine das Grauen – die Gespensterfurcht.

Wir wissen alle, daß das unheimliche Volk der Spukgeister nur des Nachts, vorzüglich gern aber bei bösem Unwetter der dunklen Heimat entsteigt und seine irre Wanderung beginnt; billig ist's daher, daß wir zu solcher Zeit irgendeines grauenhaften Besuchs gewärtig sind.« »Sie scherzen«, sprach die Obristin, »Sie scherzen, Dagobert, und auch das darf ich Ihnen nicht einräumen, daß das kindische Grauen, von dem wir manchmal befallen, ganz unbedingt in unserer Natur begründet sein sollte, vielmehr rechne ich es den Ammenmärchen und tollen Spukgeschichten zu, mit denen uns in der frühesten Jugend unsere Wärterinnen überschütteten.«

»Nein«, rief Dagobert lebhaft, »nein, gnädige Frau! Nie würden jene Geschichten, die uns als Kinder doch die allerliebsten waren, so tief und ewig in unserer Seele wiederhallen, wenn nicht die wiedertönenden Saiten in unserm eignen Innern lägen. Nicht wegzuleugnen ist die geheimnisvolle Geisterwelt, die uns umgibt und die oft in seltsamen Klangen, ja in wunderbaren Visionen sich uns offenbart. Die Schauer der Furcht, des Entsetzens mögen nur herrühren von dem Drange des irdischen Organismus. Es ist das Weh des eingekerkerten Geistes, das sich darin ausspricht.« »Sie sind«, sprach die Obristin, »ein Geisterseher wie alle Menschen von reger Phantasie. Gehe ich aber auch wirklich ein in Ihre Ideen, glaube ich wirklich, daß es einer unbekannten Geisterwelt erlaubt sei, in vernehmbaren Tönen, ja in Visionen sich uns zu offenbaren, so sehe ich doch nicht ein, warum die Natur die Vasallen jenes geheimnisvollen Reichs so feindselig uns gegenübergestellt haben sollte, daß sie nur Grauen, zerstörendes Entsetzen über uns zu bringen vermögen.« »Vielleicht«, fuhr Dagobert fort, »vielleicht liegt darin die Strafe der Mutter, deren Pflege, deren Zucht wir entartete Kinder entflohen. Ich meine, daß in jener goldnen Zeit, als unser Geschlecht noch im innigsten Einklange mit der ganzen Natur lebte, kein Grauen, kein Entsetzen uns verstörte, eben weil es in dem tiefsten Frieden, in der seligsten Harmonie alles Seins keinen Feind gab, der dergleichen über uns bringen konnte. Ich sprach von seltsamen Geisterstimmen, aber wie kommt es denn, daß alle Naturlaute, deren Ursprung wir genau anzugeben wissen, uns wie der schneidendste Jammer tönen und unsere Brust mit dem tiefsten Entsetzen erfüllen? – Der merkwürdigste jener Naturtöne ist die Luftmusik oder sogenannte Teufelsstimme auf Ceylon und in den benachbarten Ländern, deren Schubert in seinen ›Ansichten von der Nachtseite der Naturwissenschaften‹ gedenkt. Diese Naturstimme läßt sich in stillen heitern Nächten, den Tönen einer tiefklagenden Menschenstimme ähnlich, bald wie aus weiter – weiter Ferne daherschwebend, bald ganz in der Nähe schallend, vernehmen. Sie äußert eine solche tiefe Wirkung auf das menschliche Gemüt, daß die ruhigsten, verständigsten Beobachter sich eben des tiefsten Entsetzens nicht erwehren können.« »So ist es«, unterbrach hier Moritz den Freund, »so ist es in der Tat. Nie war ich auf Ceylon, noch in den benachbarten Ländern, und doch hörte ich jenen entsetzlichen Naturlaut und nicht ich allein, jeder, der ihn vernahm, fühlte die Wirkung, wie sie Dagobert beschrieben.« »So wirst du«, erwiderte Dagobert, »mich recht erfreuen und am besten die Frau Obristin überzeugen, wenn du erzählst, wie sich alles begeben.«

»Sie wissen«, begann Moritz, »daß ich in Spanien unter Wellington wider die Franzosen focht. Mit einer Abteilung spanischer und englischer Kavallerie biwakierte ich vor der Schlacht bei Viktoria zur Nachtzeit auf offenem Felde. Ich war, von dem Marsch am gestrigen Tage bis zum Tode ermüdet, fest eingeschlafen, da weckte mich ein schneidender Jammerlaut. Ich fuhr auf, ich glaubte nichts anders, als daß sich dicht neben mir ein Verwundeter gelagert, dessen Todesseufzer ich vernommen, doch schnarchten die Kameraden um mich her, und nichts ließ sich weiter hören. Die ersten

Strahlen des Frührots brachen durch die dicke Finsternis, ich stand auf und schritt, über die Schläfer wegsteigend, weiter vor, um vielleicht den Verwundeten oder Sterbenden zu finden. Es war eine stille Nacht, nur leise, leise fing sich der Morgenwind an zu regen und das Laub zu schütteln. Da ging zum zweitenmal ein langer Klagelaut durch die Lüfte und verhallte dumpf in tiefer Ferne. Es war, als schwängen sich die Geister der Erschlagenen von den Schlachtfeldern empor und riefen ihr entsetzliches Weh durch des Himmels weiten Raum. Meine Brust erbebte, mich erfaßte ein tiefes namenloses Grauen. – Was war aller Jammer, den ich jemals aus menschlicher Kehle ertönen gehört, gegen diesen herzzerschneidenden Laut! Die Kameraden rappelten sich nun auf aus dem Schlafe. Zum drittenmal erfüllte stärker und gräßlicher der Jammerlaut die Lüfte. Wir erstarrten im tiefsten Entsetzen, selbst die Pferde wurden unruhig und schnaubten und stampften. Mehrere von den Spaniern sanken auf die Knie nieder und beteten laut. Ein englischer Offizier versicherte, daß er dies Phänomen, das sich in der Atmosphäre erzeuge und elektrischen Ursprungs sei, schon öfters in südlichen Gegenden bemerkt habe, und daß wahrscheinlich die Witterung sich ändern werde. Die Spanier, zum Glauben an das Wunderbare geneigt, hörten die gewaltigen Geisterstimmen überirdischer Wesen, die das Ungeheure verkündeten, das sich nun begeben werde. Sie fanden ihren Glauben bestätigt, als folgenden Tages die Schlacht mit all ihren Schrecken daherdonnerte.«

»Dürfen wir«, sprach Dagobert, »dürfen wir denn nach Ceylon gehen oder nach Spanien, um die wunderbaren Klagetöne der Natur zu vernehmen? Kann uns das dumpfe Geheul des Sturmwinds, das Geprassel des herabstürzenden Hagels, das Ächzen und Krächzen der Windfahnen nicht ebensogut wie jener Ton mit tiefem Grausen erfüllen? – Ei! gönnen wir doch nur ein geneigtes Ohr der tollen Musik, die hundert abscheuliche Stimmen hier im Kamin aborgeln, oder horchen wir doch nur was weniges auf das gespenstische Liedlein, das eben jetzt die Teemaschine zu singen beginnt!«

»O herrlich!« rief die Obristin, »o überaus herrlich! – Sogar in die Teemaschine bannt unser Dagobert Gespenster, die sich uns in grausigen Klagelauten offenbaren sollen!« »Ganz unrecht«, nahm Angelika das Wort, »ganz unrecht, liebe Mutter, hat unser Freund doch nicht. Das wunderliche Pfeifen und Knattern und Zischen im Kamin könnte mir wirklich Schauer erregen, und das Liedchen, was die Teemaschine so tiefklagend absingt, ist mir so unheimlich, daß ich nur gleich die Lampe auslöschen will, damit es schnell ende.«

Angelika stand auf, ihr entfiel das Tuch, Moritz bückte sich schnell darnach und überreichte es dem Fräulein. Sie ließ den seelenvollen Blick ihrer Himmelsaugen auf ihn ruhen, er ergriff ihre Hand und drückte sie mit Inbrunst an die Lippen.

In demselben Augenblicke zitterte Marguerite, wie berührt von einem elektrischen Schlag, heftig zusammen und ließ das Glas Punsch, das sie soeben eingeschenkt und Dagobert darreichen wollte, auf den Boden fallen, daß es in tausend Stücke zerklirrte. Laut schluchzend warf sie sich der Obristin zu Füßen, nannte sich ein dummes ungeschicktes Ding und bat sie, zu vergönnen, daß sie sich in ihr Zimmer entferne. Alles, was eben jetzt erzählt worden, habe ihr, unerachtet sie es keinesweges ganz verstanden, innerlichen Schauer erregt; ihre Angst hier am Kamin sei unbeschreiblich, sie fühle sich krank, sie wolle sich ins Bett legen. – Und dabei küßte sie der Obristin die Hände und benetzte sie mit den heißen Tränen, die ihr aus den Augen stürzten.

Dagobert fühlte das Peinliche des ganzen Auftritts und die Notwendigkeit, der Sache einen andern Schwung zu geben. Auch er stürzte plötzlich der Obristin zu Füßen und flehte mit der weinerlichsten Stimme, die ihm nur zu Gebote stand, um Gnade für die Verbrecherin die sich unterfangen, das köstlichste Getränk zu verschütten, das je eines Rechtsgelehrten Zunge genetzt und sein frostiges Herz erwärmt. Was den Punschfleck auf dem gebohnten Fußboden betreffe, so schwöre er morgenden Tages sich Wachsbürsten unter die Füße zu schrauben und in den göttlichsten Touren, die jemals in eines Hoftanzmeisters Kopf und Beine gekommen, eine ganze Stunde hindurch den Saal zu durchrutschen.

Die Obristin, die erst sehr finster Marguerite angeblickt, erheiterte sich bei Dagoberts klugem Beginnen. Sie reichte lachend beiden die Hände und sprach: »Steht auf und trocknet eure Tränen, ihr habt Gnade gefunden vor meinem strengen Richterstuhl! – Du, Marguerite, hast es allein deinem geschickten Anwalt und seiner heroischen Aufopferung rücksichts des Punschflecks zu verdanken, daß ich dein ungeheures Verbrechen nicht schwer ahnde. Aber ganz erlassen kann ich dir die Strafe nicht. Ich befehle daher, daß du, ohne an Kränkelei zu denken, fein im Saal bleibest, unsern Gästen fleißiger als bisher Punsch einschenkest, vor allen Dingen aber deinem Retter zum Zeichen der innigsten Dankbarkeit einen Kuß gibst!«

»So bleibt die Tugend nicht unbelohnt«, rief Dagobert mit komischem Pathos, indem er Margueritens Hand ergriff. »Glauben Sie«, sprach er dann, »glauben Sie nur, Holde, daß es noch auf der Erde heroische Juriskonsulten gibt, die sich rücksichtslos aufopfern für Unschuld und Recht! – Doch! – geben wir nun unserer strengen Richterin nach – vollziehen wir ihr Urteil, von dem keine Appellation möglich.« Damit drückte er einen flüchtigen Kuß auf Margueritens Lippen und führte sie sehr feierlich auf den Platz zurück, den sie vorher eingenommen. Marguerite, über und über rot, lachte laut auf, indem ihr noch die hellen Tränen in den Augen standen. »Alberne Törin«, rief sie auf französisch, »alberne Törin, die ich bin! – muß ich denn nicht alles tun, was die Frau Obristin befiehlt? Ich werde ruhig sein, ich werde Punsch einschenken und von Gespenstern sprechen hören, ohne mich zu fürchten.« »Bravo«, nahm Dagobert das Wort, »bravo, englisches Kind, mein Heroismus hat dich begeistert, und mich die Süßigkeit deiner holden Lippen! – Meine Phantasie ist neu beschwingt, und ich fühle mich aufgelegt, das Schauerlichste aus dem regno di pianto aufzutischen zu unserer Ergötzlichkeit.« »Ich dächte«, sprach die Obristin, »ich dächte, wir schwiegen von dem fatalen unheimlichen Zeuge.« »Bitte«, fiel ihr Angelika ins Wort, »bitte, liebe Mutter, lassen Sie unsern Freund Dagobert gewähren. Gestehen will ich's nur, daß ich recht kindisch bin, daß ich nichts lieber hören mag, als hübsche Spukgeschichten, die so recht durch alle Glieder frösteln.« »O, wie mich das freut«, rief Dagobert, »o, wie mich das freut! Nichts ist liebenswürdiger bei jungen Mädchen, als wenn sie recht graulich sind, und ich möchte um alles in der Welt keine Frau heiraten, die sich nicht vor Gespenstern recht tüchtig ängstigt.« »Du behauptetest«, sprach Moritz, »du behauptetest, lieber Freund Dagobert, vorhin, daß man sich vor jedem träumerischen Schauer, als dem ersten Anfall der Gespensterfurcht, wohl hüten müsse, und bist uns die nähere Erklärung, weshalb? noch schuldig.« »Es bleibt«, erwiderte Dagobert, »sind nur die Umstände darnach, niemals bei jenen angenehmen träumerischen Schauern, die der erste Anfall herbeiführt. Ihnen folgt bald Todesangst, haarsträubendes Entsetzen, und so scheint jenes angenehme Gefühl nur die Verlockung zu sein, mit der uns die unheimliche Geisterwelt bestrickt. Wir sprachen erst von uns erklärlichen Naturtönen und ihrer gräßlichen Wirkung auf unsere Sinne. Zuweilen vernehmen wir aber seltsamere Laute, deren Ursache uns durchaus unerforschlich ist, und die in uns ein tiefes Grauen erregen. Alle beschwichtigende Gedanken, daß irgendein verstecktes Tier, die Zugluft oder sonst etwas jenen Ton auf ganz natürliche Art hervorbringen könne, hilft durchaus nichts. Jeder hat es wohl erfahren, daß in der Nacht das kleinste Geräusch, was in abgemessenen Pausen wiederkehrt, allen Schlaf verjagt und die innerliche Angst steigert und steigert bis zur Verstörtheit aller Sinne. – Vor einiger Zeit stieg ich auf der Reise in einem Gasthof ab, dessen Wirt mir ein hohes, freundliches Zimmer einräumte. Mitten in der Nacht erwachte ich plötzlich aus dem Schlafe. Der Mond warf seine hellen Strahlen durch die unverhüllten Fenster, so daß ich alle Möbeln, auch den kleinsten Gegenstand im Zimmer, deutlich erkennen konnte. Da gab es einen Ton, wie wenn ein Regentropfen hinabfiele in ein metallnes Becken. Ich horchte auf! – In abgemessenen Pausen kehrte der Ton wieder. Mein Hund, der sich unter dem Bette gelagert, kroch hervor und schnupperte winselnd und ächzend im Zimmer umher und kratzte bald an den Wänden, bald an dem Boden. Ich fühlte, wie Eisströme mich durchglitten, wie kalte Schweißtropfen auf meiner Stirne hervortröpfelten. Doch, mich mit Gewalt ermannend, rief ich erst laut, sprang dann aus dem Bette und schritt vor bis in die Mitte des Zimmers. Da fiel der Tropfe dicht vor mir, ja wie durch mein Inneres nieder in das Metall, das in geltendem Laut erdröhnte. Übermannt von dem tiefsten Entsetzen, taumelte ich nach dem Bett und barg mich halb ohnmächtig unter der Decke. Da war es, als wenn der immer noch in gemessenen Pausen zurückkehrende Ton, leiser und immer leiser hallend, in den Lüften verschwebe. Ich fiel in tiefen Schlaf, aus dem ich erst am hellen Morgen erwachte, der Hund hatte sich dicht an mich geschmiegt und sprang erst, als ich mich aufrichtete, herab vom Bette, lustig blaffend, als sei auch ihm jetzt erst alle Angst entnommen. Mir kam der Gedanke, daß vielleicht mir nur die ganz natürliche Ursache jenes wunderbaren Klangs verborgen geblieben sein könne, und ich erzählte dem Wirt mein wichtiges Abenteuer, dessen Grausen ich in allen Gliedern fühlte. Er werde, schloß ich, gewiß mir alles erklären können und habe unrecht getan, mich nicht darauf vorzubereiten. Der Wirt erblaßte und bat mich um des Himmels willen, doch niemanden mitzuteilen, was sich in jenem Zimmer begeben, da er sonst Gefahr laufe, seine Nahrung zu verlieren. Mehrere Reisende, erzählte er, hätten schon vormals über jenen Ton, den sie in mondhellen Nächten vernommen, geklagt. Er habe alles auf das genaueste untersucht, ja selbst die Dielen in diesem Zimmer und den anstoßenden Zimmern aufreißen lassen, sowie in der Nachbarschaft emsig nachgeforscht, ohne auch im mindesten der Ursache jenes grauenvollen Klangs auf die Spur kommen zu können. Schon seit beinahe Jahresfrist sei es still geblieben, und er habe geglaubt, von dem bösen Spuk befreit zu sein, der nun, wie er zu seinem großen Schrecken vernehmen müsse, sein unheimliches Wesen aufs neue treibe. Unter keiner Bedingung werde er mehr irgendeinen Gast in jenem verrufenen Zimmer beherbergen!« –

»Ach«, sprach Angelika, indem sie sich wie im Fieberfrost schüttelte, »das ist schauerlich, das ist sehr schauerlich, nein, ich wäre gestorben, wenn mir dergleichen begegnet. Oft ist es mir aber schon geschehen, daß ich, aus dem Schlaf plötzlich erwachend, eine unbeschreibliche innere Angst empfand, als habe ich irgend etwas Entsetzliches erfahren. Und doch hatte ich auch nicht die leiseste Ahnung davon, ja nicht einmal die Erinnerung irgendeines fürchterlichen Traumes, vielmehr war es mir, als erwache ich aus einem völlig bewußtlosen todähnlichen Zustande.«

»Diese Erscheinung kenne ich wohl«, fuhr Dagobert fort. »Vielleicht deutet gerade das auf die Macht fremder psychischer Einflüsse, denen wir uns willkürlos hingeben müssen. So wie die Somnambule sich durchaus nicht ihres somnambulen Zustandes erinnert und dessen, was sich in demselben mit ihr begeben, so kann vielleicht jene grauenhafte Angst, deren Ursache uns verborgen bleibt, der Nachhall irgendeines gewaltigen Zaubers sein, der uns uns selbst entrückte.«

»Ich erinnere mich«, sprach Angelika, »noch sehr lebhaft, wie ich, es mögen wohl vier Jahre her sein, in der Nacht meines vierzehnten Geburtstages in einem solchen Zustande erwachte, dessen Grauen mich einige Tage hindurch lähmte. Vergebens rang ich aber darnach, mich auf den Traum zu besinnen, der mich so entsetzt hatte. Deutlich bin ich mir bewußt, daß ich eben auch im Traum jenen schrecklichen Traum diesem, jenem, vor allen aber meiner guten Mutter öfters erzählt habe, aber nur, daß ich jenen Traum erzählt hatte, ohne mich auf seinen Inhalt besinnen zu können, war mir beim Erwachen erinnerlich.« »Dieses wunderbare psychische Phänomen«, erwiderte Dagobert, »hängt genau mit dem magnetischen Prinzip zusammen.« »Immer ärger«, rief die Obristin, »immer ärger wird es mit unserm Gespräch, wir verlieren uns in Dinge, an die nur zu denken mir unerträglich ist. Ich fordere Sie auf, Moritz, sogleich etwas recht Lustiges, Tolles zu erzählen, damit es nur mit den unheimlichen Spukgeschichten einmal ende.«

»Wie gern«, sprach Moritz, »wie gern will ich mich Ihrem Befehl, Frau Obristin, fügen, wenn es mir erlaubt ist, nur noch einer einzigen schauerlichen Begebenheit zu gedenken, die mir schon lange auf den Lippen schwebt. Sie erfüllt in diesem Augenblick mein Inneres so ganz und gar, daß es ein vergebliches Mühen sein würde, von andern heitern Dingen zu sprechen.«

»So entladen Sie sich denn«, erwiderte die Obristin, »alles Schauerlichen, von dem Sie nun einmal befangen. Mein Mann muß bald heimkehren, und dann will ich in der Tat recht gern irgendein Gefecht noch einmal mit euch durchkämpfen oder mit verliebtem Enthusiasmus von schönen Pferden sprechen hören, um nur aus der Spannung zu kommen, in die mich das spukhafte Zeug versetzt, wie ich nicht leugnen mag.«

»In dem letzten Feldzuge«, begann Moritz, »machte ich die Bekanntschaft eines russischen Obristlieutenants, Livländers von Geburt, kaum dreißig Jahre alt, die, da der Zufall es wollte, daß wir längere Zeit hindurch vereint dem Feinde gegenüberstanden, sehr bald zur engsten Freundschaft wurde. Bogislav, so war der Obristlieutenant mit Vornamen geheißen, hatte alle Eigenschaften, um sich überall die höchste Achtung, die innigste Liebe zu erwerben. Er war von hoher, edler Gestalt, geistreichem, männlich schönem Antlitz, seltner Ausbildung, die Gutmütigkeit selbst und dabei tapfer wie ein Löwe. Er konnte vorzüglich bei der Flasche sehr heiter sein, aber oft übermannte ihn plötzlich der Gedanke an irgend etwas Entsetzliches, das ihm begegnet sein mußte und das die Spuren des tiefsten Grams auf seinem Gesicht zurückgelassen hatte. Er wurde dann still, verließ die Gesellschaft und streifte einsam umher. Im Felde pflegte er nachts rastlos von Vorposten zu Vorposten zu reiten, nur nach der erschöpfendsten Anstrengung überließ er sich dem Schlaf. Kam nun noch hinzu, daß er oft ohne dringende Not sich der drohendsten Gefahr aussetzte und den Tod in der Schlacht zu suchen schien, der ihn floh, da im härteten Handgemenge ihn keine Kugel, kein Schwertstreich traf, so war es wohl gewiß, daß irgendein unersetzlicher Verlust, ja wohl gar eine rasche Tat sein Leben verstört hatte.

Wir nahmen auf französischem Gebiet ein befestigtes Schloß mit Sturm und harrten dort ein paar Tage, um den erschöpften Truppen Erholung zu gönnen. Die Zimmer, in denen sich Bogislav einquartiert hatte, lagen nur ein paar Schritte von dem meinigen entfernt. In der Nacht weckte mich ein leises Pochen an meine Stubentüre. Ich forschte, man rief meinen Namen, ich erkannte Bogislavs Stimme, stand auf und öffnete. Da stand Bogislav vor mir im Nachtgewande, den Leuchter mit der brennenden Kerze in der Hand, entstellt – bleich wie der Tod – bebend an allen Gliedern – keines Wortes mächtig! – ›Um des Himmels willen – was ist geschehen – was ist dir, mein teuerster Bogislav?‹ So rief ich, führte den Ohnmächtigen zum Lehnstuhl, schenkte ihm zwei – drei – Gläser von dem starken Wein ein, der gerade auf dem Tische stand, hielt seine Hand in der meinigen fest, sprach tröstende Worte, wie ich nur konnte, ohne die Ursache seines entsetzlichen Zustandes zu wissen.

Bogislav erholte sich nach und nach, seufzte tief auf und begann mit leiser, hohler Stimme: ›Nein! – Nein! – Ich werde wahnsinnig, faßt mich nicht der Tod, dem ich mich sehnend in die Arme werfe! – Dir, mein treuer Moritz, vertraue ich mein entsetzliches Geheimnis. – Ich sagte dir schon, daß ich mich vor mehreren Jahren in Neapel befand. Dort sah ich die Tochter eines der angesehensten Häuser und kam in glühende Liebe. Das Engelsbild gab sich mir ganz hin, und, von den Eltern begünstigt, wurde der Bund geschlossen, von dem ich alle Seligkeit des Himmels hoffte. Schon war der Hochzeittag bestimmt, da erschien ein sizilianischer Graf und drängte sich zwischen uns mit eifrigen Bewerbungen um meine Braut. Ich stellte ihn zur Rede, er verhöhnte mich. Wir schlugen uns, ich stieß ihm den Degen durch den Leib. Nun eilte ich zu meiner Braut. Ich fand sie in Tränen gebadet, sie nannte mich den verruchten Mörder ihres Geliebten, stieß mich von sich mit allen Zeichen des Abscheus, schrie auf in trostlosem Jammer, sank ohnmächtig nieder, wie vom giftigen Skorpion berührt, als ich ihre Hand faßte! – Wer schildert mein Entsetzen! Den Eltern war die Sinnesänderung ihrer Tochter ganz unerklärlich. Nie hatte sie den Bewerbungen des Grafen Gehör gegeben. Der Vater versteckte mich in seinem Palast und sorgte mit großmütigem Eifer dafür, daß ich unentdeckt Neapel verlassen konnte. Von allen Furien gepeitscht, floh ich in einem Strich fort bis nach Petersburg! – Nicht die Untreue meiner Geliebten, nein! – ein furchtbares Geheimnis ist es, das mein Leben verstört! – Seit jenem unglücklichen Tage in Neapel verfolgt mich das Grauen, das Entsetzen der Hölle! – Oft bei Tage, doch öfter zur Nachtzeit vernehme ich bald aus der Ferne, bald dicht neben mir ein tiefes Todesächzen. Es ist die Stimme des getöteten Grafen, die mein Innerstes mit dem tiefsten Grausen durchbebt. Durch den stärksten Kanonendonner, durch das prasselnde Musketenfeuer der Bataillone vernehme ich dicht vor meinen Ohren den gräßlichen Jammerton, und alle Wut, alle Verzweiflung des Wahnsinns erwacht in meinem Busen! – Eben in dieser Nacht‹ – Bogislav hielt inne, und mich wie ihn faßte das Entsetzen, denn ein lang ausgehaltener herzzerschneidender Jammerton ließ sich, wie vom Gange herkommend, vernehmen. Dann war es, als raffe sich jemand, ächzend und stöhnend, mühsam vom Boden empor und nahe sich schweren, unsichern Trittes. Da erhob sich Bogislav plötzlich, von aller Kraft beseelt, vom Lehnstuhl und rief, wilde Glut in den Augen, mit donnernder Stimme: ›Erscheine mir, Verruchter! wenn du es vermagst – ich nehm' es auf mit dir und mit allen Geistern der Hölle, die dir zu Gebote stehn.‹ – Nun geschah ein gewaltiger Schlag. –

In dem Augenblick sprang die Türe des Saals auf mit dröhnendem Gerassel.«

– Sowie Ottmar diese Worte las, sprang auch die Türe des Gartensaals wirklich dröhnend auf, und die Freunde erblickten eine dunkle verhüllte Gestalt, die sich langsam mit unhörbaren Geisterschritten nahte. Alle starrten etwas entsetzt hin, jedem stockte der Atem.

»Ist es recht«, schrie endlich Lothar, als der volle Schein der Lichter der Gestalt ins Gesicht fiel und den Freund Cyprianus erkennen ließ, »ist es recht, ehrbare Leute foppen zu wollen mit schnöder Geisterspielerei? – Doch ich weiß es, Cyprian, du begnügst dich nicht mit Geistern und allerlei seltsamen Visionen und tollem Spuk zu hantieren, du möchtest selbst gern manchmal ein Spuk, ein Gespenst sein. Aber sage, wo kamst du so plötzlich her, wie hast du uns hier auffinden können?«

»Ja! das sage, das sage!« wiederholten Ottmar und Lothar.

»Ich komme«, begann Cyprian, »heute von meiner Reise zurück, ich laufe zu Theodor, zu Lothar, zu Ottmar, keinen treffe ich an! In vollem Unmut renne ich heraus ins Freie, und der Zufall will, daß ich, nach der Stadt zurückkehrend, den Weg einschlage, der bei dem Gartenhause dicht vorbeiführt. Es ist mir, als höre ich eine wohlbekannte Stimme, ich gucke durchs Fenster und erblicke meine würdigen Serapionsbrüder und höre meinen Ottmar den ›unheimlichen Gast‹ vorlesen.«

»Wie«, unterbrach Ottmar den Freund, »wie, du kennst schon meine Geschichte?«

»Du vergissest«, fuhr Cyprian fort, »daß du die Ingredienzien zu dieser Erzählung von mir selbst empfingest. Ich bin es, der dich mit der Teufelsstimme, mit der Luftmusik bekannt machte, der dir sogar die Idee der Erscheinung des unheimlichen Gastes gab, und ich bin begierig, wie du mein Thema ausgeführt hast. Übrigens werdet ihr finden, daß, als Ottmar die Türe des Saals aufspringen ließ, ich notwendig ein Gleiches tun und euch erscheinen mußte.«

»Doch«, nahm Theodor das Wort, »doch gewiß nicht als unheimlicher Gast, sondern als treuer Serapionsbruder, der, unerachtet er mich, wie ich gern gestehen will, nicht wenig erschreckt hat, mir tausendmal willkommen sein soll.«

»Und wenn«, sprach Lothar, »er durchaus heute ein Geist sein will, so soll er wenigstens nicht zu den unruhigen Geistern gehören, sondern sich niederlassen, Tee trinkend, ohne zu sehr mit der Tasse zu klappern, dem Freunde Ottmar zuhorchen, auf dessen Geschichte ich um so begieriger bin, da er diesmal ein ihm gegebenes fremdes Thema bearbeitet hat.«

Auf Theodor, der von seiner Krankheit her noch sehr reizbar, hatte der Scherz des Freundes in der Tat mehr gewirkt als dienlich. Er war totenbleich, und man gewahrte, daß er sich einige Gewalt antun mußte, um heiter zu scheinen.

Cyprian bemerkte dies und war nun über das, was er begonnen, nicht wenig betreten. »In der Tat«, sprach er, »ich dachte nicht daran, daß mein teurer Freund kaum von einer bösen Krankheit erstanden. Ich handelte gegen meinen eignen Grundsatz, welcher total verbietet, dergleichen Scherz zu treiben, da es sich oft schon begeben, daß der fürchterliche Ernst der Geisterwelt eingriff in diesen Scherz und das Entsetzliche gebar. Ich erinnere mich zum Beispiel –«

»Halt, halt«, rief Lothar, »ich leide durchaus keine längere Unterbrechung. Cyprian steht im Begriff, uns nach seiner gewöhnlichen Weise zu entführen in seinen einheimischen schwarzen Zauberwald. Ich bitte dich, Ottmar, fahre fort.«

Ottmar las weiter:

Hinein trat ein Mann, von Kopf bis zu Fuß schwarz gekleidet, bleichen Antlitzes, ernsten, festen Blickes. Er nahte sich mit dem edelsten Anstande der vornehmen Welt der Obristin und bat in gewählten Ausdrücken um Verzeihung, daß er, früher geladen, so spät komme, ein Besuch, den er nicht los werden können, habe ihn zu seinem Verdruß aufgehalten. – Die Obristin, nicht fähig, sich von dem jähen Schreck zu erholen, stammelte einige unvernehmliche Worte, die ungefähr andeuten sollten, der Fremde möge Platz nehmen. Er rückte einen Stuhl dicht neben der Obristin, Angelika gegenüber, hin, setzte sich, ließ seinen Blick den Kreis durchlaufen. Keiner vermochte, wie gelähmt, ein Wort hervorzubringen. Da begann der Fremde, doppelt müsse er sich entschuldigen, einmal daß er in so später Stunde, und dann, daß er mit so vielem Ungestüm eingetreten sei. Nicht seine Schuld sei aber auch das letzte, da nicht er, sondern der Diener, den er auf dem Vorsaal getroffen, die Türe so heftig aufgestoßen. Die Obristin, mit Mühe das unheimliche Gefühl, von dem sie ergriffen, bekämpfend, fragte, wen sie bei sich zu sehen das Vergnügen habe. Der Fremde schien die Frage zu überhören, auf Margueriten achtend, die, in ihrem ganzen Wesen plötzlich verändert, laut auflachte, dicht an den Fremden hinantänzelte und, immerfort kichernd, auf französisch erzählte, daß man sich eben in den schönsten Spukgeschichten erlustigt, und daß nach dem Willen des Herrn Rittmeisters eben ein böses Gespenst erscheinen sollen, als er, der Fremde, hineingetreten. Die Obristin, das Unschickliche fühlend, den Fremden, der sich als eingeladen angekündigt, nach Stand und Namen zu fragen, mehr aber noch von seiner Gegenwart beängstigt, wiederholte nicht ihre Frage, verwies Margueriten nicht ein Betragen, das beinahe den Anstand verletzte. Der Fremde machte Margueritens Geschwätz ein Ende, indem er sich zur Obristin, dann zu den übrigen wendend, von irgendeiner gleichgültigen Begebenheit zu sprechen begann, die sich gerade am Orte zugetragen. Die Obristin antwortete, Dagobert versuchte sich ins Gespräch zu mischen, das endlich in einzelnen abgebrochenen Reden mühsam fortschlich. Und dazwischen trillerte Marguerite einzelne Couplets französischer Chansons und figurierte, als besönne sie sich auf die neuesten Touren einer Gavotte, während die andern sich nicht zu regen vermochten. Jeder fühlte seine Brust beengt, jeden drückte wie eine Gewitterschwüle die Gegenwart des Fremden, jedem erstarb das Wort auf den Lippen, wenn er in das todbleiche Antlitz des unheimlichen Gastes schaute. Und doch hatte dieser in Ton und Gebärde durchaus nichts Ungewöhnliches, vielmehr zeigte sein ganzes Betragen den vielerfahrnen gebildeten Weltmann. Der fremde scharfe Akzent, mit dem er deutsch und französisch sprach, ließ mit Recht schließen, daß er weder ein Deutscher, noch ein Franzose sein konnte.

Auf atmete die Obristin, als endlich Reuter vor dem Hause hielten, und die Stimme des Obristen sich vernehmen ließ.

Bald darauf trat der Obrist in den Saal. Sowie er den Fremden erblickte, eilte er auf ihn zu und rief: »Herzlich willkommen in meinem Hause, lieber Graf! – Auf das herzlichste willkommen.« Dann sich zur Obristin wendend: »Graf S-i, ein teurer, treuer Freund, den ich mir im tiefen Norden erwarb und im Süden wiederfand.«

Die Obristin, der nun erst alle Bangigkeit entnommen, versicherte dem Grafen mit anmutigem Lächeln, nur der Schuld ihres Mannes, der unterlassen, sie auf seinen Besuch vorzubereiten, habe er es beizumessen, wenn er vielleicht etwas seltsam und gar nicht auf die Weise, wie es dem vertrauten Freunde gebühre, empfangen worden. Dann erzählte sie dem Obristen, wie den ganzen Abend über von nichts anderem als von Spukereien und unheimlichem Wesen die Rede gewesen sei, wie Moritz eine schauerliche Geschichte erzählt, die ihm und einem seiner Freunde begegnet, wie eben in dem Augenblick, als Moritz gesprochen: »Nun geschah ein entsetzlicher Schlag« die Türe des Saales aufgesprungen und der Graf eingetreten sei.

»Allerliebst!« rief der Obrist laut lachend, »allerliebst, man hat Sie, lieber Graf, für ein Gespenst gehalten! In der Tat, mir scheint, als wenn meine Angelika noch einige Spuren des Schrecks im Gesicht trüge, als wenn der Rittmeister sich noch nicht ganz von den Schauern seiner Geschichte erholen könnte, ja, als wenn sogar Dagobert seine Munterkeit verloren. Sagen Sie, Graf! ist es nicht arg, Sie für einen Spuk, für einen schnöden Revenant zu nehmen?«

»Sollte ich«, erwiderte der Graf mit seltsamem Blick, »sollte ich vielleicht etwas Gespenstisches an mir tragen? – Man spricht ja jetzt viel von Menschen, die auf andere vermöge eines besondern psychischen Zaubers einzuwirken vermögen, daß ihnen ganz unheimlich zumute werden soll. Vielleicht bin ich gar solchen Zaubers mächtig.«

»Sie scherzen, lieber Graf«, nahm die Obristin das Wort, »aber wahr ist es, daß man jetzt wieder Jagd macht auf die wunderlichsten Geheimnisse.«

»So wie«, erwiderte der Graf, »so wie man überhaupt wieder an Ammenmärchen und wunderlichen Einbildungen kränkelt. Ein jeder hüte sich vor dieser sonderbaren Epidemie. – Doch ich unterbrach den Herrn Rittmeister bei dem spannendsten Punkt seiner Erzählung und bitte ihn, da niemand von seinen Zuhörern den Schluß – die Auflösung gern missen würde, fortzufahren.«

Dem Rittmeister war der fremde Graf nicht nur unheimlich, sondern recht im Grunde der Seele zuwider. Er fand in seinen Worten, zumal da er recht fatal dabei lächelte, etwas Verhöhnendes und erwiderte mit flammendem Blick und scharfem Ton, daß er befürchten müsse, durch sein Ammenmärchen die Heiterkeit, die der Graf in den düster gestimmten Zirkel gebracht, zu verstören, er wolle daher lieber schweigen.

Der Graf schien nicht sonderlich des Rittmeisters Worte zu beachten. Mit der goldenen Dose, die er zur Hand genommen, spielend, wandte er sich an den Obristen mit der Frage, ob die aufgeweckte Dame nicht eine geborne Französin sei.

Er meinte Margueriten, die, immerfort trällernd, im Saal herumhüpfte. Der Obrist trat an sie heran und fragte halblaut, ob sie wahnsinnig geworden. Marguerite schlich erschrocken an den Teetisch und setzte sich still hin.

Der Graf nahm nun das Wort und erzählte auf anziehende Weise von diesem, jenem, was sich in kurzer Zeit begeben. – Dagobert vermochte kaum ein Wort herauszubringen. Moritz stand da, über und über rot, mit blitzenden Augen, wie das Zeichen zum Angriff erwartend. Angelika schien ganz in die weibliche Arbeit vertieft, die sie begonnen, sie schlug kein Auge auf! – Man schied in vollem Mißmut auseinander.

»Du bist ein glücklicher Mensch«, rief Dagobert, als er sich mit Moritz allein befand, »zweifle nicht länger, daß Angelika dich innig liebt. Tief habe ich es heute in ihren Blicken erschaut, daß sie ganz und gar in Liebe ist zu dir. Aber der Teufel ist immer geschäftig und säet sein giftiges Unkraut unter den schön blühenden Weizen. Marguerite ist entbrannt in toller Leidenschaft. Sie liebt dich mit allem wütenden Schmerz, wie er nur ein brünstiges Gemüt zerreißen kann. Ihr heutiges wahnsinniges Beginnen war der nicht niederzukämpfende Ausbruch der rasendsten Eifersucht. Als Angelika das Tuch fallen ließ, als du es ihr reichtest, als du ihre Hand küßtest, kamen die Furien der Hölle über die arme Marguerite. Und daran bist du schuld. Du bemühtest dich sonst mit aller möglichen Galanterie um die bildhübsche Französin. Ich weiß, daß du immer nur Angelika meintest, daß alle Huldigungen, die du an Margueriten verschwendetest, nur ihr galten, aber die falsch gerichteten Blitze trafen und zündeten. – Nun ist das Unheil da, und ich weiß in der Tat nicht, wie das Ding enden soll ohne schrecklichen Tumult und gräßlichen Wirrwarr!« –

»Geh doch nur«, erwiderte der Rittmeister, »geh doch nur mit Margueriten. Liebt mich Angelika wirklich – ach! woran ich wohl noch zweifle – so bin ich glücklich und selig und frage nichts nach allen Margueriten in der Welt mitsamt ihrer Tollheit! Aber eine andere Furcht ist in mein Gemüt gekommen! Dieser fremde unheimliche Graf, der wie ein dunkles düstres Geheimnis eintrat, der uns alle verstörte, scheint er nicht sich recht feindlich zwischen uns zu stellen? – Es ist mir, als träte aus dem tiefsten Hintergrunde eine Erinnerung – fast möcht' ich sagen – ein Traum hervor, der mir diesen Grafen darstellt unter grauenvollen Umständen! Es ist mir, als müsse da, wo er sich hinwendet, irgendein entsetzliches Unheil, von ihm beschworen, aus dunkler Nacht vernichtend hervorblitzen. – Hast du wohl bemerkt, wie oft sein Blick auf Angelika ruhte, und wie dann ein fahles Rot seine bleichen Wangen färbte und schnell wieder verschwand? Auf meine Liebe hat es der Unhold abgesehen, darum klangen die Worte, die er an mich richtete, so höhnend, aber ich stelle mich ihm entgegen auf den Tod!« –

Dagobert nannte den Grafen einen gespenstischen Patron, dem man aber keck unter die Augen treten müsse, doch vielleicht sei auch, meinte er, viel weniger dahinter, als man glaube, und alles unheimliche Gefühl nur der besondern Spannung zuzuschreiben, in der man sich befand, als der Graf eintrat. »Laß uns«, so schloß Dagobert, »allem verstörenden Wesen mit festem Gemüt, mit unwandelbarem Vertrauen auf das Leben begegnen. Keine finstere Macht wird das Haupt beugen, was sich kräftig und mit heiterm Mut emporhebt!« –

Längere Zeit war vergangen. Der Graf hatte sich, immer öfter und öfter das Haus des Obristen besuchend, beinahe unentbehrlich gemacht. Man war darüber einig, daß der Vorwurf des unheimlichen Wesens auf die zurückfalle, die ihm diesen Vorwurf gemacht. »Konnte«, sprach die Obristin, »konnte der Graf nicht mit Recht uns selbst mit unsern blassen Gesichtern, mit unserm seltsamen Betragen unheimliche Leute nennen?« – Der Graf entwickelte in jedem Gespräch einen Schatz der reichhaltigsten Kenntnisse, und sprach er, Italiener von Geburt, zwar im fremden Akzent, so war er doch des geübtesten Vortrags vollkommen mächtig. Seine Erzählungen rissen in lebendigem Feuer unwiderstehlich hin, so daß selbst Moritz und Dagobert, so feindlich sie gegen den Fremden gesinnt, wenn er sprach und über sein blasses, aber schön geformtes ausdrucksvolles Gesicht ein anmutiges Lächeln flog, allen Groll vergaßen und wie Angelika, wie alle übrige, an seinen Lippen hingen.

Des Obristen Freundschaft mit dem Grafen war auf eine Weise entstanden, die diesen als den edelmütigsten Mann darstellte. Im tiefen Norden führte beide der Zufall zusammen, und hier half der Graf den Obristen auf die uneigennützigste Weise aus einer Verlegenheit, die, was Geld und Gut, ja, was den guten Ruf und die Ehre betrifft, die verdrießlichsten Folgen hätte haben können. Der Obrist, tief fühlend, was er dem Grafen verdankte, hing an ihm mit ganzer Seele.

»Es ist«, sprach der Obrist eines Tages zu der Obristin, als sie sich eben allein befanden, »es ist nun an der Zeit, daß ich dir sage, was es mit dem Hiersein des Grafen für eine tiefere Bewandtnis hat. – Du weißt, daß wir, ich und der Graf in P., wo ich mich vor vier Jahren befand, uns immer enger und enger aneinandergeschlossen, so daß wir zuletzt zusammen in aneinanderstoßenden Zimmern wohnten. Da geschah es, daß der Graf mich einst an einem frühen Morgen besuchte und auf meinem Schreibtisch das kleine Miniaturbild Angelikas gewahrte, das ich mitgenommen. Sowie er es schärfer anblickte, geriet er auf seltsame Weise außer aller Fassung. Nicht vermögend, mir zu antworten, starrte er es an, er konnte den Blick nicht mehr davon abwenden, er rief begeistert aus, nie habe er ein schöneres, herrlicheres Weib gesehen, nie habe er gefühlt, was Liebe sei, die erst jetzt tief in seinem Herzen in lichten Flammen aufgelodert. Ich scherzte über die wunderbare Wirkung des Bildes, ich nannte den Grafen einen neuen Kalaf und wünschte ihm Glück, daß meine gute Angelika wenigstens keine Turandot sei. Endlich gab ich ihm nicht undeutlich zu verstehen, daß in seinen Jahren, da er, wenn auch nicht gerade im Alter vorgerückt, doch kein Jüngling mehr zu nennen, mich diese romantische Art, sich urplötzlich in ein Bild zu verlieben, ein wenig befremde. Nun schwor er aber mit Heftigkeit, ja mit allen Zeichen des leidenschaftlichen Wahnsinns, wie er seiner Nation eigen, daß er Angelika unaussprechlich liebe, und daß ich, solle er nicht in den tiefsten Abgrund der Verzweiflung stürzen, ihm erlauben müsse, sich um Angelikas Liebe, um ihre Hand zu bewerben. Deshalb ist nun der Graf hieher und in unser Haus gekommen. Er glaubt der Zuneigung Angelikas gewiß zu sein und hat gestern seine Bewerbung förmlich bei mir angebracht. Was hältst du von der Sache?«

Die Obristin wußte selbst nicht, warum des Obristen letzte Worte sie wie ein jäher Schreck durchbebten. »Um des Himmels willen«, rief sie, »der fremde Graf unsere Angelika?«

»Fremd«, erwiderte der Obriste mit verdüsterter Stirn, »der Graf fremd, dem ich Ehre, Freiheit, ja vielleicht das Leben selbst verdanke? – Ich gestehe ein, daß er, im hohen Mannesalter, vielleicht rücksichts der Jahre nicht ganz für unser blutjunges Täubchen paßt, aber er ist ein edler Mensch und dabei reich – sehr reich –«

»Und ohne Angelika zu fragen?« fiel ihm die Obristin ins Wort, »und ohne Angelika zu fragen, die viel leicht gar nicht solche Neigung zu ihm hegt, als er sich in verliebter Torheit einbildet.«

»Habe ich«, rief der Obrist, indem er vom Stuhle aufsprang und sich mit glühenden Augen vor die Obristin hinstellte, »habe ich dir jemals Anlaß gegeben, zu glauben, daß ich, ein toller, tyrannischer Vater, mein liebes Kind auf schnöde Weise verkuppeln könnte? – Aber mit euren romanhaften Empfindeleien und euren Zartheiten bleibt mir vom Halse. Es ist gar nichts Überschwengliches, das tausend phantastische Dinge voraussetzt, wenn sich ein Paar heiratet! – Angelika ist ganz Ohr, wenn der Graf spricht, sie blickt ihn an mit der freundlichsten Güte, sie errötet, wenn er die Hand, die sie gern in der seinigen läßt, an die Lippen drückt. So spricht sich bei einem unbefangenen Mädchen die Zuneigung aus, die den Mann wahrhaft beglückt. Es bedarf keiner romanesker Liebe, die manchmal auf recht verstörende Weise in euren Köpfen spukt!«

»Ich glaube«, nahm die Obristin das Wort, »ich glaube, daß Angelikas Herz nicht mehr so frei ist, als sie vielleicht noch selbst wähnen mag.«

»Was?« – rief der Obrist erzürnt und wollte eben heftig losbrechen, in dem Augenblick ging die Türe auf, und Angelika trat ein mit dem holdseligsten Himmelslächeln der unbefangensten Unschuld.

Der Obrist, plötzlich von allem Unmut, von allem Zorn verlassen, ging auf sie zu, küßte sie auf die Stirn, faßte ihre Hand, führte sie in den Sessel, setzte sich traulich hin dicht neben das liebe süße Kind. Nun sprach er von dem Grafen, rühmte seine edle Gestalt, seinen Verstand, seine Sinnesart und fragte dann, ob Angelika ihn wohl leiden möge. Angelika erwiderte, daß der Graf anfangs ihr gar fremd und unheimlich erschienen sei, daß sie dies Gefühl aber ganz überwunden und ihn jetzt recht gern sähe! –

»Nun«, rief der Obrist voller Freude, »nun, dem Himmel sei es gedankt, so mußt' es kommen zu meinem Trost, zu meinem Heil! – Graf S-i, der edle Mann, liebt dich, mein holdes Kind, aus dem tiefsten Grunde seiner Seele, er bewirbt sich um deine Hand, du wirst sie ihm nicht verweigern« – kaum sprach aber der Obrist diese Worte, als Angelika mit einem tiefen Seufzer wie ohnmächtig zurücksank. Die Obristin faßte sie in ihre Arme, indem sie einen bedeutenden Blick auf den Obristen warf, der verstummt das arme todbleiche Kind anstarrte. – Angelika erholte sich, ein Tränenstrom stürzte ihr aus den Augen, sie rief mit herzzerschneidender Stimme: »Der Graf – der schreckliche Graf! – Nein, nein – nimmermehr!« –

Mit aller Sanftmut fragte der Obrist ein Mal über das andere, warum in aller Welt der Graf ihr so schrecklich sei. Da gestand Angelika, in dem Augenblick, als der Obrist es ausgesprochen, daß der Graf sie liebe, sei ihr mit vollem Leben der fürchterliche Traum in die Seele gekommen, den sie vor vier Jahren in der Nacht ihres vierzehnten Geburtstages geträumt und aus dem sie in entsetzlicher Todesangst erwacht, ohne sich auf seine Bilder auch nur im mindesten besinnen zu können. »Es war mir«, sprach Angelika, »als durchwandle ich einen sehr anmutigen Garten, in dem fremdartige Büsche und Blumen standen. Plötzlich stand ich vor einem wunderbaren Baum mit dunklen Blättern und großen, seltsam duftenden Blüten, beinahe dem Holunder ähnlich. Der rauschte mit seinen Zweigen so lieblich und winkte mir zu, wie mich einladend in seine Schatten. Von unsichtbarer Kraft unwiderstehlich hingezogen, sank ich hin auf die Rasen unter dem Baume. Da war es, als gingen seltsame Klagelaute durch die Lüfte und berührten wie Windeshauch den Baum, der in bangen Seufzern aufstöhnte. Mich befing ein unbeschreibliches Weh, ein tiefes Mitleid regte sich in meiner Brust, selbst wußte ich nicht weshalb. Da fuhr plötzlich ein brennender Strahl in mein Herz, wie es zerspaltend! – Der Schrei, den ich ausstoßen wollte, konnte sich nicht der mit namenloser Angst belasteten Brust entwinden, er wurde zum dumpfen Seufzer. Der Strahl, der mein Herz durchbohrt, war aber der Blick eines menschlichen Augenpaars, das mich aus dem dunklen Gebüsch anstarrte. In dem Augenblick standen die Augen dicht vor mir, und eine schneeweiße Hand wurde sichtbar, die Kreise um mich her beschrieb. Und immer enger und enger wurden die Kreise und umspannen mich mit Feuerfaden, daß ich zuletzt in dem dichten Gespinst mich nicht regen und bewegen konnte. Und dabei war es, als erfasse nun der furchtbare Blick der entsetzlichen Augen mein innerstes Wesen und bemächtige sich meines ganzen Seins; der Gedanke, an dem es nur noch, wie an einer schwachen Faser, hing, war mir marternde Todesangst. Der Baum neigte seine Blüten tief zu mir herab, und aus ihnen sprach die liebliche Stimme eines Jünglings: ›Angelika, ich rette dich – ich rette dich!‹ – Aber –«

Angelika wurde unterbrochen; man meldete den Rittmeister von R., der den Obristen in Geschäften sprechen wollte. Sowie Angelika des Rittmeisters Namen nennen hörte, rief sie, indem ihr aufs neue die Tränen aus den Augen strömten, mit dem Ausdruck des schneidendsten Wehs, mit der Stimme, die nur aus der vom tiefsten Liebesschmerz wunden Brust stöhnt: »Moritz – ach, Moritz!« –

Der Rittmeister hatte eintretend diese Worte gehört. Er erblickte Angelika, in Tränen gebadet, die Arme nach ihm ausstreckend. Wie außer sich, stieß er das Kaskett vom Haupte, daß es klirrend zu Boden fiel, stürzte Angelika zu Füßen, faßte sie, als sie, von Wonne und Schmerz übermannt, niedersank, in seine Arme, drückte sie mit Inbrunst an seine Brust. – Der Obrist betrachtete, sprachlos vor Erstaunen, die Gruppe. »Ich habe geahnet«, lispelte die Obristin leise, »ich habe es geahnet, daß sie sich lieben, aber ich wußte kein Wort davon.«

»Rittmeister von R.«, fuhr nun der Obrist zornig heraus, »was haben Sie mit meiner Tochter?«

Moritz, schnell zu sich selbst kommend, ließ die halbtote Angelika sanft in den Lehnstuhl nieder, dann raffte er das Kaskett vom Boden auf, trat, glutrot im Antlitz, mit niedergesenktem Blick, vor den Obristen hin und versicherte auf Ehre, daß er Angelika unaussprechlich, aus der Tiefe seines Herzens liebe, daß aber auch bis zu diesem Augenblick nicht das leiseste Wort, das einem Geständnisse seines Gefühls gleiche, über seine Lippen gekommen sei. Nur zu sehr habe er gezweifelt, daß Angelika sein Gefühl erwidern könne. Erst dieser Moment, dessen Anlaß er nicht zu ahnen vermöge, habe ihm alle Seligkeit des Himmels erschlossen, und er hoffe nicht von dem edelmütigsten Mann, von dem zärtlichsten Vater zurückgestoßen zu werden, wenn er ihn anflehe, einen Bund zu segnen, den die reinste, innigste Liebe geschlossen.

Der Obrist maß den Rittmeister, maß Angelika mit finstern Blicken, dann schritt er, die Arme übereinandergeschlagen, im Zimmer schweigend auf und ab, wie einer, der ringt, irgendeinen Entschluß zu fassen. Er blieb stehen vor der Obristin, die Angelika in die Arme genommen und ihr tröstend zuredete: »Was für einen Bezug«, sprach er dumpf mit zurückgehaltenem Zorn, »was für einen Bezug hat dein alberner Traum auf den Grafen?«

Da warf sich Angelika ihm zu Füßen, küßte seine Hände, benetzte sie mit Tränen, sprach mit halb erstickter Stimme: »Ach, mein Vater! – mein geliebtester Vater, jene entsetzlichen Augen, die mein Innerstes erfaßten, es waren die Augen des Grafen, seine gespenstische Hand umwob mich mit dem Feuergespinst! – Aber die tröstende Jünglingsstimme, die mir zurief aus den duftenden Blüten des wunderbaren Baums – das war Moritz – mein Moritz!«

»Dein Moritz?« rief der Obrist, indem er sich rasch umwandte, so daß Angelika beinahe zu Boden gestürzt. Dann sprach er dumpf vor sich hin: »Also kindischen Einbildungen, verstohlner Liebe wird der weise Beschluß des Vaters, die Bewerbung eines edlen Mannes geopfert!« – Wie zuvor schritt er nun schweigend im Zimmer auf und ab. Endlich zu Moritz: »Rittmeister von R., Sie wissen, wie hoch ich Sie achte, keinen liebern Eidam, als eben Sie, hätte ich mir gewünscht, aber ich gab mein Wort dem Grafen von S-i, dem ich verpflichtet bin, wie es nur ein Mensch sein kann dem andern. Doch glauben Sie ja nicht, daß ich den eigensinnigen tyrannischen Vater spielen werde. Ich eile hin zum Grafen, ich entdecke ihm alles. Ihre Liebe wird mir eine blutige Fehde, vielleicht das Leben kosten, doch es sei nun einmal so – ich gebe mich! – Erwarten Sie hier meine Zurückkunft!« –

Der Rittmeister versicherte mit Begeisterung, daß er lieber hundertmal in den Tod gehen, als dulden werde, daß der Obrist sich auch nur der mindesten Gefahr aussetze. Ohne ihm zu antworten, eilte der Obrist von dannen.

Kaum hatte der Obrist das Zimmer verlassen, als die Liebenden im Übermaß des Entzückens sich in die Arme fielen und sich ewige unwandelbare Treue schworen. Dann versicherte Angelika, erst in dem Augenblick, als der Obrist sie mit der Bewerbung des Grafen bekannt gemacht, habe sie es in der tiefsten Seele gefühlt, wie unaussprechlich sie Moritz liebe, und daß sie lieber sterben, als eines andern Gattin werden könne. Es sei ihr gewesen, als wisse sie ja längst, daß auch Moritz sie ebensosehr liebe. Nun erinnerten sich beide jedes Augenblicks, in dem sie ihre Liebe verraten, und waren entzückt, alles Widerspruchs, alles Zorns des Obristen vergessend, und jauchzten wie frohe selige Kinder. Die Obristin, die

die aufkeimende Liebe längst bemerkt und mit vollem Herzen Angelikas Neigung billigte, gab tief gerührt ihr Wort, ihrerseits alles aufzubieten, daß der Obrist abstehe von einer Verbindung, die sie, selbst wisse sie nicht warum, verabscheue.

Es mochte eine Stunde vergangen sein, als die Türe aufging, und zum Erstaunen aller der Graf S-i eintrat. Ihm folgte der Obrist mit leuchtenden Blicken. Der Graf näherte sich Angeliken, ergriff ihre Hand, blickte sie mit bitterm schmerzlichem Lächeln an. Angelika bebte zusammen und murmelte kaum hörbar, einer Ohnmacht nahe: »Ach – diese Augen!« –

»Sie verblassen«, begann nun der Graf, »Sie verblassen, mein Fräulein, wie damals, als ich zum erstenmal in diesen Kreis trat. – Bin ich Ihnen denn wirklich ein grauenhaftes Gespenst? – Nein! – entsetzen Sie sich nicht, Angelika! fürchten Sie nichts von einem harmlosen Mann, der Sie mit allem Feuer, mit aller Inbrunst des Jünglings liebte, der nicht wußte, daß Sie Ihr Herz verschenkt, der töricht genug war, sich um Ihre Hand zu bewerben. – Nein! – selbst das Wort des Vaters gibt mir nicht das kleinste Recht auf eine Seligkeit, die Sie nur zu spenden vermögen. Sie sind frei, mein Fräulein! – Selbst mein Anblick soll Sie nicht mehr an die trüben Augenblicke erinnern, die ich Ihnen bereitet. Bald, vielleicht morgen schon kehre ich zurück in mein Vaterland!« – »Moritz – mein Moritz«, rief Angelika im Jubel der höchsten Wonne und warf sich dem Geliebten an die Brust. Durch alle Glieder zuckte es dem Grafen, seine Augen glühten auf in ungewöhnlichem Feuer, seine Lippen bebten, er stieß einen leisen unartikulierten Laut aus. Sich schnell zur Obristin mit einer gleichgültigen Frage wendend, gelang es ihm, sein aufwallendes Gefühl niederzukämpfen.

Aber der Obrist rief ein Mal über das andere: »Welch ein Edelmut! – welch hoher Sinn! wer gleicht diesem herrlichen Mann! – meinem Herzensfreunde immerdar!«

– Dann drückte er den Rittmeister, Angelika, die Obristin an sein Herz und versicherte lachend, er wolle nun von dem garstigen Komplott, das sie im Augenblick gegen ihn geschmiedet, nichts weiter wissen und hoffe übrigens, daß Angelika fürder nicht mehr Leid erfahren werde von gespenstischen Augen.

Es war hoher Mittag worden, der Obrist lud den Rittmeister, den Grafen ein, das Mahl bei ihm einzunehmen. Man schickte hin nach Dagobert, der sich bald in voller Freude und Fröhlichkeit einstellte.

Als man sich zu Tische setzen wollte, fehlte Marguerite. Es hieß, daß sie sich in ihr Zimmer eingeschlossen und erklärt habe, sie fühle sich krank und sei unfähig in der Gesellschaft zu erscheinen. »Ich weiß nicht«, sprach die Obristin, »was sich mit Margueriten seit einiger Zeit begibt, sie ist voll der eigensinnigsten Launen, sie weint und lacht ohne Ursache, ja, voller seltsamer Einbildung kann sie es oft bis zum Unerträglichen treiben.« »Dein Glück«, lispelte Dagobert dem Rittmeister leise ins Ohr, »dein Glück ist Margueritens Tod!« »Geisterseher«, erwiderte der Rittmeister ebenso leise, »Geisterseher, störe mir nicht meinen Frieden.«

Nie war der Obrist froher gewesen, nie hatte auch die Obristin, manchmal wohl um ihr liebes Kind besorgt und nun dieser Sorge entnommen, sich so in tiefer Seele glücklich gefühlt. Kam nun noch hinzu, daß Dagobert in heller Fröhlichkeit schwelgte, daß der Graf, den Schmerz der ihm geschlagenen Wunde vergessend, das vollste Leben seines vielgewandten Geistes herausstrahlen ließ, so konnt' es nicht fehlen, daß alle sich um das selige Paar schlossen, wie ein heitrer, herrlich blühender Kranz.

Die Dämmerung war eingebrochen, der edelste Wein perlte in den Gläsern, man trank jubelnd und jauchzend auf das Wohl des Brautpaars. Da ging die Türe des Vorsaals leise auf, und hinein schwankte Marguerite, im weißen Nachtkleide, mit herabhängenden Haaren, bleich, entstellt wie der

Tod. »Marguerite, was für Streiche«, rief der Obrist, doch ohne auf ihn zu achten, schritt Marguerite langsam gerade los auf den Rittmeister, legte ihre eiskalte Hand auf seine Brust, drückte einen leisen Kuß auf seine Stirne, murmelte dumpf und hohl: »Der Kuß der Sterbenden bringt Heil dem frohen Bräutigam!« und sank hin auf den Boden.

»Da haben wir das Unheil«, sprach Dagobert leise zu dem Grafen, »die Törin ist verliebt in den Rittmeister.« »Ich weiß es«, erwiderte der Graf, »wahrscheinlich hat sie die Narrheit so weit getrieben, Gift zu nehmen.« »Um Gottes willen!« schrie Dagobert entsetzt, sprang auf und eilte hin zu dem Lehnsessel, in den man die Arme hineingetragen. Angelika und die Obristin waren um sie beschäftigt, sie besprengend, ihr die Stirn reibend mit geistigen Wassern. Als Dagobert hinzutrat, schlug sie gerade die Augen auf. Die Obristin sprach: »Ruhig, mein liebes Kind, du bist krank, es wird vorübergehen!« Da erwiderte Marguerite mit dumpfer hohler Stimme: »Ja! bald ist es vorüber – ich habe Gift!« – Angelika, die Obristin schrien laut auf, der Obrist rief wild: »Tausend Teufel, die Wahnsinnige! – Man renne nach dem Arzt – fort! den ersten besten, der aufzutreiben ist, hergebracht zur Stelle!« – Die Bedienten, Dagobert selbst wollten forteilen. – »Halt!«- rief der Graf, der bisher ruhig geblieben war und mit Behaglichkeit den mit seinem Lieblingswein, dem feurigen Syrakuser, gefüllten Pokal geleert hatte, »halt! – Hat Marguerite Gift genommen, so bedarf es keines Arztes, denn ich bin in diesem Fall der beste, den es geben kann. Man lasse mich gewähren.« Er trat zu Marguerite, die in tiefer Ohnmacht lag und nur zuweilen krampfhaft zuckte. Er bückte sich über sie hin, man bemerkte, daß er ein kleines Futteral aus der Tasche zog, etwas heraus und zwischen die Finger nahm und leise hinstrich über Margueritens Nacken und Herzgrube. Dann sprach der Graf, indem er von ihr abließ, zu den übrigen: »Sie hat Opium genommen, doch ist sie zu retten durch besondere Mittel, die mir zu Gebote stehen.« Marguerite wurde auf des Grafen Geheiß in ihr Zimmer heraufgebracht, er blieb allein bei ihr. – Die Kammerfrau der Obristin hatte indessen in Margueritens Gemach das Fläschchen gefunden, in dem die Opiumtropfen, die der Obristin vor einiger Zeit verschrieben, enthalten waren, und das die Unglückliche ganz geleert hatte.

»Der Graf«, sprach Dagobert mit etwas ironischem Ton, »der Graf ist wahrhaftig ein Wundermann. Er hat alles erraten. Wie er Margueriten nur erschaute, wußte er gleich, daß sie Gift genommen, und dann erkannte er gar, von welcher Sorte und Farbe.«

Nach einer halben Stunde trat der Graf in den Saal und versicherte, daß alle Gefahr für Margueritens Leben vorüber sei. Mit einem Seitenblick auf Moritz setzte er hinzu, daß er auch hoffe, den Grund alles Übels aus ihrem Innern wegzubannen. Er wünsche, daß die Kammerfrau bei Margueriten wache, er selbst werde die Nacht über in dem anstoßenden Zimmer bleiben, um so bei jedem Zufall, der sich noch etwa ereignen sollte, gleich bei der Hand sein zu können. Zu dieser ärztlichen Hilfe wünschte er sich aber noch durch ein paar Gläser edlen Weins zu stärken.

Damit setzte er sich zu den Männern an den Tisch, während Angelika und die Obristin, im Innersten ergriffen von dem Vorgang, sich entfernten.

Der Obrist ärgerte sich über den verfluchten Narrenstreich, wie er Margueritens Beginnen nannte, Moritz, Dagobert fühlten sich auf unheimliche Weise verstört. Je verstimmter aber diese waren, desto mehr ließ der Graf eine Lustigkeit ausströmen, die man sonst gar nicht an ihm bemerkt hatte, und die in der Tat etwas Grauenhaftes in sich trug.

»Dieser Graf«, sprach Dagobert zu seinem Freunde, als sie nach Hause gingen, »bleibt mir unheimlich auf seltsame Weise. Es ist, als wenn es irgendeine geheimnisvolle Bewandtnis mit ihm habe.«

»Ach!« erwiderte Moritz, »zentnerschwer liegt es mir

auf der Brust – die finstre Ahnung irgendeines Unheils, das meiner Liebe droht, erfüllt mein Innres!« –

Noch in derselben Nacht wurde der Obrist durch einen Kurier aus der Residenz geweckt. Andern Morgens trat er etwas bleich zur Obristin: »Wir werden«, sprach er mit erzwungener Ruhe, »wir werden abermals getrennt, mein liebes Kind! – der Krieg beginnt nach kurzer Ruhe von neuem. In der Nacht erhielt ich die Order. Sobald als es nur möglich ist, vielleicht schon in künftiger Nacht, breche ich auf mit dem Regiment.« Die Obristin erschrak heftig, sie brach in Tränen aus. Der Obrist sprach tröstend, daß er überzeugt sei, wie dieser Feldzug ebenso glorreich enden werde, als der frühere, daß der frohe Mut im Herzen ihn an kein Unheil denken lasse, das ihm widerfahren könne. »Du magst«, setzte er dann hinzu, »du magst indessen, bis wir den Feind aufs neue gedemütigt und der Friede geschlossen, mit Angelika auf unsere Güter gehen. Ich gebe euch einen Begleiter mit, der euch alle Einsamkeit, alle Abgeschiedenheit eures Aufenthalts vergessen lassen wird. Der Graf S-i geht mit euch!« – »Wie«, rief die Obristin, »um des Himmels willen! Der Graf soll mit uns gehen? Der verschmähte Bräutigam? – der ränkesüchtige Italiener, der tief im Innersten seinen Groll zu verschließen weiß, um ihn bei der besten Gelegenheit mit aller Macht ausströmen zu lassen? Dieser Graf, der mir in seinem ganzen Wesen, selbst weiß ich nicht warum, seit gestern wieder aufs neue widerwärtiger geworden ist, als jemals!« – »Nein«, fiel der Obrist ihr ins Wort, »nein, es ist nicht auszuhalten mit den Einbildungen, mit den tollen Träumen der Weiber! – Sie begreifen nicht die Seelengröße eines Mannes von festem Sinn! – Der Graf ist die ganze Nacht, so wie er sich vorgesetzt, in dem Nebenzimmer bei Margueriten geblieben. Er war der erste, dem ich die Nachricht brachte vom neuen Feldzuge. Seine Rückkehr ins Vaterland ist nun kaum möglich. Er war darüber betreten. Ich bot ihm den Aufenthalt auf meinen Gütern an. Nach vieler

Weigerung entschloß er sich dazu und gab mir sein Ehrenwort, alles aufzubieten, euch zu beschirmen, euch die Zeit der Trennung zu verkürzen, wie es nur in seiner Macht stehe. Du weißt, was ich dem Grafen schuldig, meine Güter sind ihm jetzt eine Freistatt, darf ich die versagen?« – Die Obristin konnte – durfte hierauf nichts mehr erwidern. – Der Obrist hielt Wort. Schon in der folgenden Nacht wurde zum Aufbruch geblasen, und aller namenlose Schmerz und herzzerschneidende Jammer der Trennung kam über die Liebenden.

Wenige Tage darauf, als Marguerite völlig genesen, reiste die Obristin mit ihr und Angelika nach den Gütern. Der Graf folgte mit mehrerer Dienerschaft.

Mit der schonendsten Zartheit ließ sich der Graf in der ersten Zeit nur bei den Frauen sehen, wenn sie es ausdrücklich wünschten, sonst blieb er in seinem Zimmer oder machte einsame Spaziergänge.

Der Feldzug schien erst dem Feinde günstig zu sein, bald wurden aber glorreiche Siege erfochten. Da war nun der Graf immer der erste, der die Siegesbotschaften erhielt, ja, der die genauesten Nachrichten über die Schicksale des Regiments hatte, das der Obrist führte. In den blutigsten Kämpfen hatte weder den Obristen, noch den Rittmeister eine Kugel, ein Schwertstreich getroffen; die sichersten Briefe aus dem Hauptquartier bestätigten das.

So erschien der Graf bei den Frauen immer wie ein Himmelsbote des Sieges und des Glücks. Dazu kam, daß sein ganzes Betragen die innigste, reinste Zuneigung aussprach, die er für Angelika hegte, daß er sich wie der zärtlichste, um ihr Glück besorgteste Vater zeigte. Beide, die Obristin und Angelika, mußten sich gestehen, daß der Obrist wohl den bewährten Freund richtig beurteilt hatte, und daß jenes Vorurteil gegen ihn die lächerlichste Einbildung gewesen. Auch Marguerite schien von ihrer törichten Leidenschaft geheilt, sie war wieder ganz die muntere gesprächige Französin.

Ein Brief des Obristen an die Obristin, dem ein Brief vom Rittmeister an Angelika beilag, verscheuchte den letzten Rest der Besorgnis. Die Hauptstadt des Feindes war genommen, der Waffenstillstand geschlossen.

Angelika schwamm in Wonne und Seligkeit, und immer war es der Graf, der mit hinreißender Lebendigkeit von den kühnen Waffentaten des braven Moritz, von dem Glück sprach, das der holden Braut entgegenblühe. Dann ergriff er Angelikas Hand, und drückte sie an seine Brust und fragte, ob er ihr denn noch so verhaßt sei, als ehemals. Vor Scham hoch errötend, Tränen im Auge, versicherte Angelika, sie armes Kind habe ja niemals gehaßt, aber zu innig, zu sehr mit ganzer Seele ihren Moritz geliebt, um sich nicht vor jeder andern Bewerbung zu entsetzen. Sehr ernst und feierlich sprach dann der Graf: »Sieh mich an, Angelika, für deinen treuen väterlichen Freund«, und hauchte einen leisen Kuß auf ihre Stirne, welches sie, ein frommes Kind, gern litt, da es ihr war, als sei es ihr Vater selbst, der sie auf diese Weise zu küssen pflegte.

Man konnte beinahe hoffen, der Obrist werde wenigstens auf kurze Zeit in das Vaterland zurückkehren, als ein Brief von ihm anlangte, der das Gräßlichste enthielt. Der Rittmeister war, als er mit seinem Reitknecht ein Dorf passierte, von bewaffneten Bauern angefallen worden, die ihn an der Seite des braven Reuters, dem es gelang, sich durchzuschlagen, niederschossen und fortschleppten. – So wurde die Freude, die das ganze Haus beseelte, plötzlich in Entsetzen, in tiefes Leid, in trostlosen Jammer verkehrt.

Das ganze Haus des Obristen war in geräuschvoller Bewegung. Treppauf, treppab liefen die in reicher Staatsliverei geputzten Diener, rasselnd fuhren die Wagen auf den Schloßhof mit den geladenen Gästen, die der Obrist, die neuen Ehrenzeichen auf der Brust, die ihm der letzte Feldzug erworben, feierlich empfing.

Oben im einsamen Zimmer saß Angelika bräutlich geschmückt, in der vollendetsten Schönheit üppiger Jugendblüte prangend, neben ihr die Obristin..

»Du hast«, sprach die Obristin, »du hast, mein liebes Kind, in voller Freiheit den Grafen S-i zu deinem Gatten gewählt. So sehr ehemals dein Vater diese Verbindung wünschte, so wenig hat er jetzt nach dem Tode des unglücklichen Moritz darauf bestanden. Ja, es ist mir jetzt, als teile er mit mir dasselbe schmerzliche Gefühl, das ich dir nicht verhehlen darf. – Es bleibt mir unbegreiflich, daß du so bald deinen Moritz vergessen konntest. – Die entscheidendste Stunde naht – du gibst deine Hand dem Grafen – prüfe wohl dein Herz – noch ist es Zeit! – Möge nie das Andenken an den Vergessenen wie ein finstrer Schatten dein heitres Leben vertrüben!«

»Niemals!« rief Angelika, indem Tränen wie Tautropfen in ihren Augen perlten, »niemals werde ich meinen Moritz vergessen, ach, niemals mehr lieben, wie ich ihn geliebt. Das Gefühl, was ich für den Grafen hege, mag wohl ein ganz anderes sein! – Ich weiß nicht, wie der Graf meine innigste Zuneigung so ganz und gar gewonnen! Nein! – ich liebe ihn nicht, ich kann ihn nicht lieben, wie ich Moritz liebte, aber es ist mir, als könne ich ohne ihn gar nicht leben, ja nur durch ihn denken – empfinden! Eine Geisterstimme sagt es mir unaufhörlich, daß ich mich ihm als Gattin anschließen muß, daß sonst es kein Leben mehr hienieden für mich gibt. – Ich folge dieser Stimme, die ich für die geheimnisvolle Sprache der Vorsehung halte.« –

Die Kammerfrau trat herein mit der Nachricht, daß man Margueriten, die seit dem frühen Morgen vermißt worden, noch immer nicht gefunden, doch habe der Gärtner soeben ein kleines Briefchen an die Obristin gebracht, das er von Margueriten erhalten mit der Anweisung, es abzugeben, wenn er seine Geschäfte verrichtet und die letzten Blumen nach dem Schlosse getragen.

In dem Billett, das die Obristin öffnete, stand:

Sie werden mich nie wiedersehen. – Ein düstres Verhängnis treibt mich fort aus Ihrem Hause. Ich flehe Sie an, Sie, die mir sonst eine teure Mutter waren, lassen Sie mich nicht verfolgen, mich nicht zurückbringen mit Gewalt. Der zweite Versuch, mir den Tod zu geben, würde besser gelingen als der erste. – Möge Angelika das Glück genießen in vollen Zügen, das mir das Herz durchbohrt. Leben Sie wohl auf ewig – Vergessen Sie die unglückliche Marguerite.

»Was ist das«, rief die Obristin heftig, »was ist das? Hat es die Wahnsinnige darauf abgesehen, unsere Ruhe zu verstören? – Tritt sie immer feindselig dazwischen, wenn du die Hand reichen willst dem geliebten Gatten? – Möge sie hinziehen, die undankbare Törin, die ich wie meine Tochter gehegt und gepflegt, möge sie hinziehen, nie werd' ich mich um sie kümmern.«

Angelika brach in laute Klagen aus um die verlorne Schwester, die Obristin bat sie um des Himmels willen, nicht Raum zu geben dem Andenken an eine Wahnsinnige in diesen wichtigen entscheidenden Stunden. – Die Gesellschaft war im Saal versammelt, um, da eben die bestimmte Stunde schlug, nach der kleinen Kapelle zu ziehen, wo ein katholischer Geistlicher das Paar trauen sollte. Der Obrist führte die Braut herein, alles erstaunte über ihre Schönheit, die noch erhöht wurde durch die einfache Pracht des Anzuges. Man erwartete den Grafen. Eine Viertelstunde verging nach der andern, er ließ sich nicht blicken. Der Obrist begab sich nach seinem Zimmer. Er traf auf den Kammerdiener, welcher berichtete, der Graf habe sich, nachdem er völlig angekleidet, plötzlich unwohl gefühlt und einen Gang nach dem Park gemacht, um sich in freier Luft zu erholen, ihm, dem Kammerdiener, aber zu folgen verboten.

Selbst wußte er nicht, warum ihm des Grafen Beginnen so schwer aufs Herz fiel, warum ihm der Gedanke kam, irgend etwas Entsetzliches könne dem Grafen begegnen.

Er ließ hinein sagen, der Graf würde in weniger Zeit erscheinen, und den berühmten Arzt, der sich in der Gesellschaft befand, insgeheim herausrufen. Mit diesem und dem Kammerdiener ging er nun in den Park, um den Grafen aufzusuchen. Aus der Hauptallee ausbiegend, gingen sie nach einem von dichtem Gebüsch umgebenen Platz, der, wie sich der Obrist erinnerte, der Lieblingsaufenthalt des Grafen war. Da saß der Graf, ganz schwarz gekleidet, den funkelnden Ordensstern auf der Brust, mit gefalteten Händen auf einer Rasenbank, den Rücken an den Stamm eines blühenden Holunderbaums gelehnt, und starrte sie regungslos an. Sie erbebten vor dem gräßlichen Anblick, denn des Grafen hohle, düster funkelnde Augen schienen ohne Sehkraft. »Graf S-i! – was ist geschehen!« rief der Obrist, aber keine Antwort, keine Bewegung, kein leiser Atemzug! – Da sprang der Arzt hinzu, riß dem Grafen die Weste auf, die Halsbinde, den Rock herab, rieb ihm die Stirne. – Er wandte sich zum Obristen mit den dumpfen Worten: »Hier ist menschliche Hilfe nutzlos er ist tot – der Nervenschlag hat ihn getroffen in diesem Augenblick« – der Kammerdiener brach in lauten Jammer aus. Der Obrist, mit aller Manneskraft sein tiefes Entsetzen niederkämpfend, gebot ihm Ruhe. »Wir töten Angelika auf der Stelle, wenn wir nicht mit Vorsicht handeln.« So sprach der Obrist, packte die Leiche an, trug sie auf einsamen Nebenwegen zu einem entfernten Pavillon, dessen Schlüssel er bei sich hatte, ließ sie dort unter Acht des Kammerdieners, begab sich mit dem Arzt nach dem Schlosse zurück. Von Entschluß zu Entschluß wankend, wußte er nicht, ob er der armen Angelika das Entsetzliche, was geschehen, verschweigen, ob er es wagen sollte, ihr alles mit ruhiger Fassung zu sagen.

Als er in den Saal trat, fand er alles in größter Angst und Bestürzung. Mitten im heitern Gespräch hatte Angelika plötzlich die Augen geschlossen und war in tiefer Ohnmacht niedergesunken. Sie lag in einem Nebenzimmer auf dem Sofa. – Nicht bleich – nicht entstellt, nein höher, frischer als je blühten die Rosen ihrer Wangen, eine unbeschreibliche Anmut, ja, die Verklärung des Himmels war auf ihrem ganzen Gesicht verbreitet. Sie schien von der höchsten Wonne durchdrungen. – Der Arzt, nachdem er sie lange mit gespannter Aufmerksamkeit betrachtet, versicherte, es sei hier nicht die mindeste Gefahr vorhanden, das Fräulein befinde sich, freilich auf eine unbegreifliche Weise, in einem magnetischen Zustande. Sie gewaltsam zu erwecken, getraue er sich nicht, sie werde bald von selbst erwachen.

Indessen entstand unter den Gästen ein geheimnisvolles Flüstern. Der jähe Tod des Grafen mochte auf irgendeine Weise bekannt geworden sein. Alle entfernten sich nach und nach still und düster, man hörte die Wagen fortrollen.

Die Obristin, über Angelika hingebeugt, fing jeden ihrer Atemzüge auf. Es war, als lispele sie leise Worte, die niemanden verständlich. Der Arzt litt nicht, daß man Angelika entkleide, ja daß man sie auch nur von den Handschuhen befreie, jede Berührung könne ihr schädlich sein.

Plötzlich schlug Angelika die Augen auf, fuhr in die Höhe, sprang mit dem gellenden Ruf: »Er ist da – er ist da!« – vom Sofa, rannte in voller Furie zur Türe hinaus – durch den Vorsaal – die Stiegen hinab – »Sie ist wahnsinnig«, schrie die Obristin entsetzt, »o Herr des Himmels, sie ist wahnsinnig!« – »Nein, nein«, tröstete der Arzt, »das ist nicht Wahnsinn, aber irgend etwas Unerhörtes mag sich begeben!« Und damit stürzte er dem Fräulein nach! –

Er sah, wie Angelika durch das Tor des Schlosses auf dem breiten Landweg mit hoch emporgestreckten Armen pfeilschnell fortlief, daß das reiche Spitzengewand in den Lüften flatterte und das Haar sich losnestelte, ein Spiel der Winde.

Ein Reuter sprengte ihr entgegen, warf sich herab vom Pferde, als er sie erreicht, schloß sie in seine Arme. Zwei andere Reuter folgten, hielten und stiegen ab.

Der Obrist, der in voller Hast dem Arzte gefolgt, stand in sprachlosem Erstaunen vor der Gruppe, rieb sich die Stirne, als mühe er sich, die Gedanken festzuhalten!

Moritz war es, der Angelika fest gedrückt hielt an seiner Brust; bei ihm standen Dagobert und ein junger schöner Mann in reicher russischer Generalsuniform.

»Nein«, rief Angelika ein Mal über das andere, indem sie den Geliebten umklammerte, »nein! niemals war ich dir untreu, mein geliebter, teurer Moritz!« Und Moritz: »Ach, ich weiß es ja! – ich weiß es ja! Du mein holdes Engelsbild. Er hat dich verlockt durch satanische Künste!« –

Und damit trug mehr, als führte er Angelika nach dem Schlosse, während die andern schweigend folgten. Erst im Tor des Schlosses seufzte der Obrist tief auf, als gewänne er nun erst seine Besinnung wieder und rief, sich mit fragenden Blicken umschauend: »Was für Erscheinungen, was für Wunder!« –

»Alles wird sich aufklären«, sprach Dagobert und stellte dem Obristen den Fremden vor als den russischen General Bogislav von S-en, des Rittmeisters vertrautesten innigsten Freund.

In den Zimmern des Schlosses angekommen, fragte Moritz, ohne der Obristin schreckhaftes Staunen zu beachten, mit wildem Blick: »Wo ist der Graf S-i?« »Bei den Toten!« erwiderte der Obrist dumpf, »vor einer Stunde traf ihn der Nervenschlag!« – Angelika bebte zusammen. »Ja«, sprach sie, »ich weiß es, in demselben Augenblick, als er starb, war es mir, als bräche in meinem Innern ein Kristall klingend zusammen – ich fiel in einen sonderbaren Zustand – ich mag wohl jenen entsetzlichen Traum fortgeträumt haben, denn als ich mich wieder besann, hatten die furchtbaren Augen keine Macht mehr über mich, das Feuergespinst zerriß – ich fühlte mich frei – Himmelsseligkeit umfing mich – ich sah Moritz – meinen Moritz – er kam – ich flog ihm entgegen!« – Und damit umklammerte sie den Geliebten, als fürchte sie, ihn aufs neue zu verlieren.

»Gelobt sei Gott«, sprach die Obristin mit zum Himmel gerichtetem Blick, »nun ist mir die Last vom Herzen genommen, die mich beinahe erdrückte, ich bin frei von der unaussprechlichen Angst, die mich überfiel in dem Augenblick, als Angelika ihre Hand dem unseligen Grafen reichen sollte. Immer war es mir, als würde mein Herzenskind mit dem Trauringe unheimlichen Mächten geweiht.«

Der General von S-en verlangte die Leiche zu sehen, man führte ihn hin. Als man die Decke, womit der Leichnam verhüllt, hinabzog und der General das zum Tode erstarrte Antlitz des Grafen schaute, bebte er zurück, indem er laut ausrief: »Er ist es! – Bei Gott im Himmel, er ist es!« – In des Rittmeisters Arme war Angelika in sanften Schlaf gesunken. Man brachte sie zur Ruhe. Der Arzt meinte, daß nichts wohltätiger über sie kommen könne, als dieser Schlaf, der die bis zur Überspannung gereizten Lebensgeister wieder beruhige. So entgehe sie gewiß bedrohlicher Krankheit.

Keiner von den Gästen war mehr im Schlosse. »Nun ist es«, rief der Obrist, »nun ist es einmal Zeit, die wunderbaren Geheimnisse zu lösen. Sage, Moritz, welch ein Engel des Himmels rief dich wieder ins Leben?«

»Sie wissen«, begann Moritz, »auf welche meuchelmörderische Weise ich, als schon der Waffenstillstand geschlossen, in der Gegend von S. überfallen wurde. Von einem Schuß getroffen, sank ich entseelt vom Pferde. Wie lange ich in tiefer Todesohnmacht gelegen haben mag, weiß ich nicht. Im ersten Erwachen des dunklen Bewußtseins hatte ich die Empfindung des Fahrens. Es war finstre Nacht. Mehrere Stimmen flüsterten leise um mich her. Es war französisch, was sie sprachen. Also schwer verwundet und in der Gewalt des Feindes! – Der Gedanke faßte mich mit allen Schrecken, und ich versank abermals in tiefe Ohnmacht. Nun folgte ein Zustand, der mir nur einzelne Momente des heftigsten Kopfschmerzes als Erinnerung zurückgelassen hat. Eines Morgens erwachte ich zum hellsten Bewußtsein. Ich befand mich in einem saubern, beinahe prächtigen Bette, mit seidenen Gardinen und großen Quasten und Troddeln verziert. So war auch das hohe Zimmer mit seidenen Tapeten und schwer vergoldeten Tischen und Stühlen auf altfränkische Weise ausstaffiert. Ein fremder Mensch schaute mir, ganz hingebeugt, ins Gesicht und sprang dann an eine Klingelschnur, die er stark anzog. Wenige Minuten hatte es gewährt, als die Türe aufging und zwei Männer hineintraten, von denen der bejahrtere ein altmodisch gesticktes Kleid und das Ludwigskreuz trug. Der jüngere trat auf mich zu, fühlte meinen Puls und sprach zu dem ältern auf französisch: ›Alle Gefahr ist vorüber – er ist gerettet!‹

Nun kündigte sich mir der Ältere als den Chevalier von T. an, in dessen Schloß ich mich befände. Auf einer Reise begriffen, so erzählte er, kam er durch das Dorf gerade in dem Augenblick, als die meuchelmörderischen Bauern mich niedergestreckt hatten und mich auszuplündern im Begriff standen. Es gelang ihm, mich zu befreien. Er ließ mich auf einen Wagen packen und nach seinem Schloß, das weit entfernt aus aller Kommunikation mit den Militärstraßen lag, bringen. Hier unterzog sich sein geschickter Haus-Chirurgus mit Erfolg der schwierigen Kur meiner bedeutenden Kopfwunde. Er liebe, beschloß er, meine Nation, die ihm einst in der verworrenen bedrohlichen Zeit der Revolution Gutes erzeigt, und freue sich, daß er mir nützlich sein könne. Alles, was zu meiner Bequemlichkeit, zu meinem Trost gereichen könne, stehe mir in seinem Schloß zu Diensten, und dulden werde er unter keiner Bedingung, daß ich ihn früher verlasse, als bis alle Gefahr, die meine Wunde sowohl, als die fortdauernde Unsicherheit der Straßen herbeiführe, vorüber sei. Er bedauerte übrigens die Unmöglichkeit, meinen Freunden zurzeit Nachricht von meinem Aufenthalt zu geben.

Der Chevalier war Witwer, seine Söhne abwesend, so daß nur er allein mit dem Chirurgus und zahlreicher Dienerschaft das Schloß bewohnte. Ermüden könnt' es nur, wenn ich weitläuftig erzählen wollte, wie ich unter den Händen des grundgeschickten Chirurgus immer mehr und mehr gesundete, wie der Chevalier alles aufbot, mir das einsiedlerische Leben angenehm zu machen. Seine Unterhaltung war geistreicher und sein Blick tiefer, als man es sonst bei seiner Nation findet. Er sprach über Kunst und Wissenschaft, vermied aber so wie es nur möglich war, sich über die neuen Ereignisse auszulassen. Darf ich's denn versichern, daß mein einziger Gedanke Angelika war, daß es in meiner Seele brannte, sie in Schmerz versunken zu wissen über meinen Tod! – Ich lag dem Chevalier unaufhörlich an, Briefe von mir zu besorgen nach dem Hauptquartier. Er wies das von der Hand, indem er für die Richtigkeit der Besorgung nicht einstehen könne, zumal der neue Feldzug so gut als gewiß sei. Er vertröstete mich, daß er, sowie ich nur ganz genesen, dafür sorgen werde, mich, geschehe auch was da wolle, wohlbehalten in mein Vaterland zurückzubringen. Aus seinen Äußerungen mußt' ich beinahe schließen, daß der Krieg wirklich aufs neue begonnen und zwar zum Nachteil der Verbündeten, was er mir aus Zartgefühl verschwiege.

Doch nur der Erwähnung einzelner Momente bedarf es, um die seltsamen Vermutungen zu rechtfertigen, die Dagobert in sich trägt.

Beinahe fieberfrei war ich schon, als ich auf einmal zur Nachtzeit in einen unbegreiflichen träumerischen Zustand verfiel, vor dem ich noch erbebe, unerachtet mir nur die dunkle Erinnerung daran blieb. Ich sah Angelika, aber es war, als verginge die Gestalt in zitternden Schimmer, und vergebens ränge ich darnach sie festzuhalten. Ein anderes Wesen drängte sich dazwischen und legte sich an meine Brust und erfaßte in meinem Innersten mein Herz, und in der glühendsten Qual untergehend, wurde ich durchdrungen von einem fremden wunderbaren Wonnegefühl. – Andern Morgens fiel mein erster Blick auf ein Bild, das dem Bette gegenüber hing und das ich dort niemals bemerkt. Ich erschrak bis in tiefster Seele, denn es war Marguerite, die mich mit ihren schwarzen, lebendigen Augen anstrahlte. Ich fragte den Bedienten, wo das Bild her komme und wen es vorstelle. Er versicherte, es sei des Chevaliers Nichte, die Marquise von T., und das Bild habe immer da gehangen, nur sei es von mir bisher nicht bemerkt worden, weil es erst gestern vom Staube gereinigt. Der Chevalier bestätigte dies. So wie ich nun Angelika, wachend, träumend erschauen wollte, stand Marguerite vor mir. Mein eignes Ich schien mir entfremdet, eine fremde Macht gebot über mein Sein, und in dem tiefen Entsetzen, das mich erfaßte, war es mir, als könne ich Margueriten nicht lassen. Nie vergesse ich die Qual dieses grauenhaften Zustandes.

Eines Morgens liege ich im Fenster, mich erlabend in den süßen Düften, die der Morgenwind mir zuweht; da erschallen in der Ferne Trompetenklänge. – Ich erkenne den fröhlichen Marsch russischer Reuterei, mein ganzes Herz geht mir auf in heller Lust, es ist, als wenn auf den Tönen freundliche Geister zu mir wallen und zu mir sprechen mit lieblichen tröstenden Stimmen, als wenn das wiedergewonnene Leben mir die Hände reicht, mich aufzurichten aus dem Sarge, in dem mich eine feindliche Macht verschlossen! – Mit Blitzesschnelle sprengen einzelne Reuter daher – auf den Schloßhof! – Ich schaue herab – ›Bogislav! – mein Bogislav!‹ schrie ich auf im Übermaß des höchsten Entzückens! – Der Chevalier tritt ein, bleich – verstört – von unverhoffter Einquartierung – ganz fataler Unruhe stammelnd! – Ohne auf ihn zu achten, stürze ich hinab und liege meinem Bogislav in den Armen! –

Zu meinem Erstaunen erfuhr ich nun, daß der Friede schon längst geschlossen und der größte Teil der Truppen in vollem Rückmarsch begriffen. Alles das hatte mir der Chevalier verschwiegen und mich auf dem Schlosse wie seinen Gefangenen gehalten. Keiner, weder ich noch Bogislav konnten irgendein Motiv dieser Handlungsweise ahnen, aber jeder fühlte dunkel, daß hier irgend Unlauteres im Spiel sein müsse. Der Chevalier war von Stund' an nicht mehr derselbe, bis zur Unart mürrisch, langweilte er uns mit Eigensinn und Kleinigkeitskrämerei, ja, als ich im reinsten Gefühl der Dankbarkeit mit Enthusiasmus davon sprach, wie er mir das Leben gerettet, lächelte er recht hämisch dazwischen und gebärdete sich wie ein launischer Grillenfänger.

Nach achtundvierzigstündiger Rast brach Bogislav auf, ich schloß mich ihm an. Wir waren froh, als wir die altväterische Burg, die mir nun vorkam wie ein düstres unheimliches Gefängnis, im Rücken hatten. – Aber nun fahre du fort, Dagobert, denn recht eigentlich ist nun an dir die Reihe, die seltsamen Ereignisse, die uns betroffen, fortzuspinnen.«

»Wie mag«, begann Dagobert, »wie mag man doch nur das wunderbare Ahnungsvermögen bezweifeln, das tief in der menschlichen Natur liegt. Nie habe ich an meines Freundes Tod geglaubt. Der Geist, der in Träumen verständlich aus dem Innern zu uns spricht, sagte es mir, daß Moritz lebe, und daß die geheimnisvollsten Bande ihn irgendwo umstrickt hielten. Angelikas Verbindung mit dem Grafen zerschnitt mir das Herz. – Als ich vor einiger Zeit herkam, als ich Angelika in einer Stimmung fand, die mir, ich gestehe es, ein inneres Entsetzen erregte, weil ich, wie in einem magischen Spiegel, ein fürchterliches Geheimnis zu erblicken glaubte – ja! da reifte in mir der Entschluß, das fremde Land so lange zu durchpilgern, bis ich meinen Moritz gefunden. – Kein Wort von der Seligkeit, von dem Entzücken, als ich schon in A. auf deutschem Grund und Boden meinen Moritz wiederfand und mit ihm den General von S-en.

Alle Furien der Hölle erwachten in meines Freundes Brust, als er Angelikas Verbindung mit dem Grafen vernahm. Aber alle Verwünschungen, alle herzzerschneidende Klagen, daß Angelika ihm untreu worden, schwiegen, als ich ihm gewisse Vermutungen mitteilte, als ich ihm versicherte, daß es in seiner Macht stehe, alles Unwesen auf einmal zu zerstören. Der General S-en bebte zusammen, als ich den Namen des Grafen nannte, und als ich auf sein Geheiß sein Antlitz, seine Figur beschrieben, rief er aus: ›Ja, kein Zweifel mehr, er ist es, er ist es selbst.‹« –

»Vernehmen Sie«, unterbrach hier der General den Redner, »vernehmen Sie mit Erstaunen, daß Graf S-i mir vor mehreren Jahren in Neapel eine teure Geliebte raubte durch satanische Künste, die ihm zu Gebote standen. Ja, in dem Augenblick, als ich ihm den Degen durch den Leib stieß, erfaßte sie und mich ein Höllenblendwerk, das uns auf ewig trennte! – Längst wußte ich, daß die Wunde, die ich ihm beigebracht, nicht einmal gefährlich gewesen, daß er sich um meiner Geliebten Hand beworben, ach! – daß sie an demselben Tage, als sie getraut werden sollte, vom Nervenschlag getroffen, niedersank!« –

»Gerechter Gott«, rief die Obristin, »drohte denn nicht wohl gleiches Schicksal meinem Herzenskinde? – Doch wie komme ich denn darauf, dies zu ahnen?«

»Es ist«, sprach Dagobert, »es ist die Stimme des ahnenden Geistes, Frau Obristin, die wahrhaft zu Ihnen spricht.«

»Und die gräßliche Erscheinung«, fuhr die Obristin fort, »von der uns Moritz erzählte an jenem Abende, als der Graf so unheimlich bei uns eintrat?«

»Es fiel«, nahm Moritz das Wort, »es fiel, so erzählte ich damals, ein entsetzlicher Schlag, ein eiskalter Todeshauch wehte mich an, und es war, als rausche eine bleiche Gestalt in zitternden, kaum kenntlichen Umrissen durch das Zimmer. Mit aller Kraft des Geistes bezwang ich mein Entsetzen. Ich behielt die Besinnung, mein Bogislav war erstarrt zum Tode. Als er nach vielem Mühen zu sich selbst gebracht wurde vom herbeigerufenen Arzt, reichte er mir wehmütig die Hand und sprach: ›Bald – morgen schon enden meine Leiden!‹ – Es geschah, wie er vorausgesetzt, aber wie die ewige

Macht des Himmels es beschlossen, auf ganz andere Weise, als er es wohl gemeint. Im dicksten wütendsten Gefecht am andern Morgen traf ihn eine matte Kartätschenkugel auf die Brust und warf ihn vom Pferde. Die wohltätige Kugel hatte das Bild der Ungetreuen, das er noch immer auf der Brust trug, in tausend Stücke zersplittert. Leicht war die Kontusion geheilt, und seit der Zeit hat mein Bogislav niemals etwas Unheimliches verspürt, das verstörend in sein Leben getreten sein sollte.«

»So ist es«, sprach der General, »und selbst das Andenken an die verlorne Geliebte erfüllt mich nur mit dem milden Schmerz, der dem innern Geist so wohl tut. – Doch mag unser Freund Dagobert nur erzählen, wie es sich weiter mit uns begab.«

»Wir eilten«, nahm Dagobert das Wort, »wir eilten fort von A. Heute in der frühesten Morgendämmerung trafen wir ein in dem kleinen Städtchen P., das sechs Meilen von hier entfernt. Wir gedachten einige Stunden zu rasten und dann weiter zu reisen geradesweges hieher. Wie ward uns, meinem Moritz und mir, als aus einem Zimmer des Gasthofes uns Marguerite entgegenstürzte, den Wahnsinn im bleichen Antlitz. Sie fiel dem Rittmeister zu Füßen, umschlang heulend seine Knie, nannte sich die schwärzeste Verbrecherin, die hundertmal den Tod verdient, flehte ihn an, sie auf der Stelle zu ermorden. Moritz stieß sie mit dem tiefsten Abscheu von sich und rannte fort.« – »Ja!« fiel der Rittmeister dem Freunde ins Wort, »ja, als ich Marguerite zu meinen Füßen erblickte, kamen alle Qualen jenes entsetzlichen Zustandes, den ich im Schlosse des Chevaliers erlitten, über mich und entzündeten eine nie gekannte Wut in mir. Ich war im Begriff, Margueriten den Degen durch die Brust zu stoßen, als ich, mich mit Gewalt bezähmend, davonrannte.«

»Ich hob«, fuhr Dagobert fort, »ich hob Margueriten von der Erde auf, ich trug sie in das Zimmer, es gelang mir, sie zu beruhigen und in abgerissenen Reden von ihr zu erfahren, was ich geahnet. Sie gab mir einen Brief, den sie von dem Grafen gestern um Mitternacht erhalten. Hier ist er!«

Dagobert zog einen Brief hervor, schlug ihn auseinander und las:

»Fliehen Sie, Marguerite! – Alles ist verloren! – Er naht, der Verhaßte. Alle meine Wissenschaft reicht nicht hin gegen das dunkle Verhängnis, das mich erfaßt am höchsten Ziel meines Seins. – Marguerite! ich habe Sie in Geheimnisse eingeweiht, die das gewöhnliche Weib, das darnach strebte, vernichtet haben würden. Aber mit besonderer geistiger Kraft, mit festem starkem Willen ausgerüstet, waren Sie eine würdige Schülerin des tief erfahrnen Meisters. Sie haben mir beigestanden. Durch Sie herrschte ich über Angelikas Gemüt, über ihr ganzes inneres Wesen. Dafür wollt' ich Ihnen das Glück des Lebens bereiten, wie es in Ihrer Seele lag, und betrat die geheimnisvollsten gefährlichsten Kreise, begann Operationen, vor denen ich oft mich selbst entsetzte. Umsonst! – fliehen Sie, sonst ist Ihr Untergang gewiß. – Bis zum höchsten Moment trete ich kühn der feindlichen Macht entgegen. Aber ich fühl' es, dieser Moment gibt mir den jähen Tod! – Ich werde einsam sterben. Sowie der Augenblick gekommen, wandre ich zu jenem wunderbaren Baum, unter dessen Schatten ich oft von den wunderbaren Geheimnissen zu Ihnen sprach, die mir zu Gebote stehen. Marguerite! – entsagen Sie für immer diesen Geheimnissen. Die Natur, die grausame Mutter, die abhold geworden den entarteten Kindern, wirft den vorwitzigen Spähern, die mit kecker Hand an ihrem Schleier zupfen, ein glänzendes Spielzeug hin, das sie verlockt und seine verderbliche Kraft gegen sie selbst richtet. – Ich erschlug einst ein Weib in dem Augenblick, als ich wähnte, es in der höchsten Inbrunst aller Liebe zu umfangen. Das lähmte meine Kraft, und doch hoffte ich wahnsinniger Tor noch auf irdisches Glück! – Leben Sie wohl, Marguerite! – Gehen Sie in

Ihr Vaterland zurück. – Gehen Sie nach S. Der Chevalier von T. wird für Ihr Glück sorgen. – Leben Sie wohl!« –

Als Dagobert den Brief gelesen, fühlten sich alle von innerm Schauer durchbebt.

»So muß ich«, begann endlich die Obristin leise, »so muß ich an Dinge glauben, gegen die sich mein Innerstes Gemüt sträubt. Aber gewiß ist es, daß es mir ganz unbegreiflich blieb, wie Angelika so bald ihren Moritz vergessen und sich ganz dem Grafen zuwenden konnte. Nicht entgangen ist mir indessen, daß sie sich fast beständig in einem exaltierten Zustande befand, und eben dies erfüllte mich mit den quälendsten Besorgnissen. Ich erinnere mich, daß sich Angelikas Neigung zum Grafen zuerst äußerte auf besondere Weise. Sie vertraute mir nämlich, wie sie beinahe in jeder Nacht von dem Grafen sehr lebhaft und angenehm träume.«

»Ganz recht«, nahm Dagobert das Wort, »Marguerite gestand mir ein, daß sie auf des Grafen Geheiß Nächte über bei Angelika zugebracht und leise, leise, mit lieblicher Stimme ihr des Grafen Namen ins Ohr gehaucht. Ja, der. Graf selbst sei manchmal um Mitternacht in die Türe getreten, habe minutenlang den starren Blick auf die schlafende Angelika gerichtet und sich dann wieder entfernt. – Doch bedarf es jetzt, da ich des Grafen bedeutungsvollen Brief vorgelesen, wohl noch eines Kommentars? – Gewiß ist es, daß er darauf ausging, durch allerlei geheime Künste auf das innere Gemüt psychisch zu wirken, und daß ihm dies vermöge besonderer Naturkraft gelang. Er stand mit dem Chevalier von T. in Verbindung und gehörte zu jener unsichtbaren Schule, die in Frankreich und Italien einzelne Glieder zählt und aus der alten P-schen Schule entstanden sein soll. – Auf seinen Anlaß hielt der Chevalier den Rittmeister fest in seinem Schlosse und übte an ihm allerlei bösen Liebeszauber. – Ich könnte weiter eingehen in die geheimnisvollen Mittel, vermöge der der Graf wußte, sich des fremden psychischen Prinzips zu bemeistern, wie sie Marguerite mir entdeckte, ich könnte manches erklären aus einer Wissenschaft, die mir nicht unbekannt, deren Namen ich aber nicht nennen mag, aus Furcht mißverstanden zu werden – doch man erlasse mir dieses wenigstens für heute.« – »O, für immer«, rief die Obristin mit Begeisterung, »nichts mehr von dem finstern unbekannten Reich, wo das Grauen wohnt und das Entsetzen! – Dank der ewigen Macht des Himmels, die mein liebes Herzenskind gerettet, die uns befreit hat von dem unheimlichen Gast, der so verstörend in unser Haus trat.« – Man beschloß, andern Tages nach der Stadt zurückzukehren. Nur der Obrist und Dagobert blieben, um die Beerdigung des Grafen zu besorgen.

Längst war Angelika des Rittmeisters glückliche Gattin. Da geschah es, daß an einem stürmischen Novemberabend die Familie mit Dagobert in demselben Saal am lodernden Kaminfeuer saß wie damals, als Graf S-i so gespenstisch durch die Türe hineinschritt. Wie damals heulten und pfiffen wunderliche Stimmen durcheinander, die der Sturmwind in den Rauchfängen aus dem Schlafe aufgestört. »Wißt ihr wohl noch«, fragte die Obristin mit leuchtenden Blicken – »erinnert ihr euch noch?« – »Nur keine Gespenstergeschichten!« rief der Obrist, aber Angelika und Moritz sprachen davon, was sie an jenem Abende empfunden, und wie sie schon damals sich über alle Maßen geliebt, und konnten nicht aufhören, des kleinsten Umstandes zu erwähnen, der sich damals begeben, wie in allem nur der reine Strahl ihrer Liebe sich abgespiegelt, und wie selbst die süßen Schauer des Grauens sich nur aus liebender sehnsüchtiger Brust erhoben, und wie nur der unheimliche Gast, von den gespenstischen Unkenstimmen verkündigt, alles Entsetzen über sie gebracht. »Ist es«, sprach Angelika, »ist es, mein Herzens-Moritz, denn nicht so, als wenn die seltsamen Töne des Sturmwindes, die sich eben jetzt hören lassen, gar freundlich zu uns von unserer Liebe sprächen?« »Ganz recht«, nahm Dagobert das Wort, »ganz recht, und selbst das Pfeifen und Zirpen und Zischen der Teemaschine klingt gar nicht im mindesten mehr graulich, sondern, wie mich dünkt, ungefähr so, als besänne sich das darin verschlossene artige Hausgeistlein auf ein hübsches Wiegenlied.«

Da barg Angelika das in hellen Rosenflammen aufglühende Antlitz im Busen des überglücklichen Moritz. Der schlang aber den Arm um die holde Gattin und lispelte leise: »Gibt es denn noch hienieden eine höhere Seligkeit als diese?«

»Ich merk' es wohl«, sprach Ottmar, als er die Erzählung geendet hatte und die Freunde in mürrischem Stillschweigen verharrten, »ich merk' es wohl, ihr seid von meinem Geschichtlein eben nicht sonderlich erbaut. Wir wollen daher nicht weiter viel darüber reden, sondern es der Vergessenheit hingeben.«

»Das Beste, was wir tun können«, erwiderte Lothar.

»Und doch«, nahm Cyprian das Wort, »und doch muß ich meinen Freund in Schutz nehmen. Zwar könntet ihr sagen, daß ich in gewisser Art Partei bin, da Ottmar zu seinem Gericht manches Gewürz von mir empfing und diesmal ganz eigentlich in meiner Küche kochte, mir also gar kein Urteil anmaßen darf, indessen werdet ihr doch selbst, wollt ihr nicht, echte Radamanthen, alles schonungslos verdammen, zugestehen müssen, daß manches in Ottmars Erzählung für serapiontisch gelten kann, wie zum Beispiel gleich der Anfang« –

»Ganz recht«, unterbrach Theodor den Freund, »die Gesellschaft bei der Teemaschine mag für lebendig gelten, sowie manches andere im Verlauf der Geschichte, aber aufrichtig gestanden, mit dergleichen gespenstischen unheimlichen Gestalten, wie der fremde Graf, sind wir schon ein wenig stark geschoren worden, und es möchte schwer fallen, ihnen noch fürder Neuheit und Originalität zu geben. Der fremde Graf gleicht dem Alban in dem ›Magnetiseur‹ (ihr kennt die Geschichte), so wie überhaupt diese Erzählung mit Ottmars seiner eigentlich dieselbe Basis hat. Ich möchte daher sowohl unsern Ottmar als dich, mein Cyprianus, bitten, dergleichen Unholde künftig ganz aus dem Spiel zu lassen. Ottmarn wird das möglich sein, dir, Cyprian, aber, glaub' ich, niemals. Dir werden wir daher wohl erlauben müssen, dann und wann solch einen Spuk aufzustellen, und nur die Bedingung machen können, daß er wahrhaft serapiontisch, das heißt, recht aus der Tiefe deiner Phantasie hervorgegangen sei. Außerdem aber scheint der ›Magnetiseur‹ rhapsodisch, der ›unheimliche Gast‹ ist es aber in der Tat.«

»Auch hier«, sprach Cyprian, »muß ich meinen Freund in Schutz nehmen. – Wißt, daß unlängst hier ganz in der Nähe sich wirklich eine Begebenheit zutrug, die Ähnliches hat mit dem Inhalt des ›unheimlichen Gastes‹. In einen stillen gemütlichen Familienkreis trat, als eben allerlei Gespenstergeschichten aufgetischt wurden, plötzlich ein Fremder, der allen unheimlich und grauenhaft erschien, seiner scheinbaren Flachheit und Alltäglichkeit unerachtet. Dieser Fremde verstörte aber durch sein Erscheinen nicht nur den frohen Abend, sondern dann das Glück, die Ruhe der ganzen Familie auf lange Zeit. Ein glückliches Weib ergreifen noch heute Todesschauer, wenn sie an die Arglist und Bosheit denkt, mit der jener Fremde sie in sein Netz verlocken wollte. Diese Begebenheit erzählte ich nun damals Ottmarn, und nichts wirkte auf ihn mehr, als der Moment, wie der Fremde plötzlich gespenstisch hineintritt und mit dem jähen Schreck, zu dem das aufgeregte Gemüt geneigt, die Ahnung des feindlichen Prinzips alle ergreift. Dieser Moment ging lebendig auf in Ottmars Innern und schuf die ganze Erzählung.«

»Da aber«, unterbrach Ottmar lächelnd den Freund, »ein einzelner Moment, eine Situation noch lange keine Erzählung ist, vielmehr diese in ihrem ganzen Umfange mit allen Einzelheiten, Beziehungen u.s. fix und fertig hervorspringen muß wie Minerva aus Jupiters Haupt, so konnte das Ganze nicht besonders geraten, und es half mir wenig, daß ich einzelne

Züge aus der Wirklichkeit nutzte und doch vielleicht nicht ohne alles Geschick in das Phantastische hineinschob.«

»Ja«, sprach Lothar, »du hast recht, mein Freund! Ein einzelner frappanter Moment ist noch lange keine Erzählung, so wie eine einzelne glücklich erfundene dramatische Situation noch lange kein Theaterstück. Mir fällt dabei die Art ein, wie ein Theaterdichter, der nicht mehr auf der Erde wandelt und dessen Schauer und Entsetzen erregender Tod wohl seine ärgsten Widersacher versöhnt, sein Schuldbuch vertilgt haben mag, wie der seine Theaterstücke zu fabrizieren pflegte. In einer Gesellschaft, der ich selbst beiwohnte, gestand er ohne Hehl, daß er irgendeine gute dramatische Situation, die ihm aufgegangen, erfasse, und dann dieser allein zu Gefallen irgendeinen Kanevas zusammenleime, gleichsam so drum herum hinge. – Seine eigenen Worte! – Diese Erklärung gab mir den vollständigsten Aufschluß über das innerste Wesen, den eigentümlichsten Charakter der Stücke jenes Dichters, vorzüglich aus der letzten Zeit. Keinem derselben fehlt es an irgendeiner sehr glücklich, ja oft genial erfundenen Situation. Um diese herum sind aber die Szenen, welche einen magern alltäglichen Stoff mühsam fortschleppen, gewoben wie ein lockres loses Gespinst, jedoch ist die im Technischen vielgeübte Hand des Webers niemals zu verkennen.«

»Niemals?« sprach Theodor, »ich dächte doch jedesmal da, wo der nur Gemeinplätzen und alltäglicher Erbärmlichkeit huldigende Dichter sich ins Romantische, wahrhaft Poetische versteigen wollte. Das merkwürdigste traurigste Beispiel davon gibt das sogenannte romantische Schauspiel ›Deodata‹, ein kurioser Wechselbalg, an dem ein wackrer Komponist nicht gute Musik hätte verschwenden sollen. Es gibt kein naiveres Bekenntnis des gänzlichen Mangels an innerer Poesie, des gänzlichen Nichtahnens höheren dramatischen Lebens, als wenn der Dichter der ›Deodata‹ in dem Vorwort die Oper deshalb verwirft, weil es unnatürlich sei, daß die Leute auf dem Theater sängen, und dann versichert, er habe sich bemüht, in folgendem romantischem Schauspiel den Gesang, den er eingemischt, natürlich herbeizuführen.« –

»Laß ruhn, laß ruhn die Toten«, rief Cyprian.

»Und das«, sprach Lothar, »und das um so mehr, als, wie mich dünkt, schon die Mitternachtsstunde naht, die der selige Mann nutzen könnte, uns, wie er es im Leben seinen Rezensenten anzutun pflegte, einige Ohrfeigen zuzuteilen mit unsichtbarer Krallenfaust.« In dem Augenblick rollte der Wagen heran, den Lothar des noch entkräfteten Theodors halber herausbestellt hatte, und in dem die Freunde zurückkehrten nach der Stadt.